dtv
premium

Christopher Kloeble

Wenn es klopft

Erzählungen

Deutscher Taschenbuch Verlag

FSC
Mix
Produktgruppe aus vorbildlich
bewirtschafteten Wäldern und
anderen kontrollierten Herkünften

Zert.-Nr. GFA-COC-001298
www.fsc.org

Der Inhalt dieses Buches wurde auf einem nach den
Richtlinien des Forest Stewardship Council zertifizierten
Papier der Papierfabrik Munkedal gedruckt.

Originalausgabe
Juli 2009
Deutscher Taschenbuch Verlag GmbH & Co. KG,
München
www.dtv.de

Umschlagkonzept: Balk & Brumshagen
Umschlaggestaltung: Wildes Blut, Atelier für Gestaltung,
Stephanie Weischer
Umschlagfoto: Corbis/zerfa/Shift Foto
Satz: Greiner & Reichel, Köln
Gesetzt aus der Sabon 10,4/14,25
Druck und Bindung: Kösel, Krugzell
Gedruckt auf säurefreiem, chlorfrei gebleichtem Papier
Printed in Germany · ISBN 978-3-423-24720-7

Für Anna
Für Antje

Man spricht immer nur von Leuten, die in Häuser einbrechen wollen. Aber es gibt mehr Leute auf der Welt, die aus Häusern ausbrechen wollen.

Thornton Wilder

Vierundachtzig Schritte

Ich spreche ein Gebet in ihren Kopf. Das wird sie hören, solange ich es nur ernst genug meine, so ernst wie ein Kind, das nach seiner Mutter verlangt. Und genau das bin ich wieder, wenn ich auf diese Weise mit ihr spreche, ich bin zehn Jahre alt, und die Sonne versteckt sich vor mir.

Bis neunzehnhundertdreiundneunzig hatte der Sonnenaufgang noch seinen eigenen Klang. In den Stunden davor verschwand Segendorf, unser Ort, für einen, der es hören wollte, in der Nacht – abgesehen von dem Hof an der Ludwigstraße, auf dem ich mit meinen Eltern lebte, die sich frühestens um Mitternacht die Kehlen heiser schrien. Keine Tür, keine Wand war dick genug, wurde ich davon geweckt, war an Einschlafen nicht mehr zu denken, und trotzdem drückte ich oft das Kissen auf meine Ohren, schloss die Augen und atmete langsam und tief, wie man eben atmet, wenn man einschlafen will.

Weder wusste ich noch interessierte mich, worüber sie stritten, außerdem konnte ich sie kaum verstehen, ihre Worte blieben auf dem Weg zu mir an Balken und Dielen hängen, nur Laute drangen zu mir durch, so lange, bis ich mich irgendwann in die Bettdecke wickelte und zum Beten vor dem

Fenster Platz nahm, das in Richtung der Berge zeigte, hinter denen sich die Sonne versteckte.

Manchmal ließ sie sich lange bitten. Mit den ersten Sonnenstrahlen wurden meine Eltern dann leiser, bis ich sie gar nicht mehr hören konnte, und obwohl das Dorf jetzt aufwachte, Kühe blökten und Traktoren losknatterten, war das ein eigenartig beruhigender Klang, der mich noch etwas schlafen ließ, bevor ich zur Schule musste.

Mein Platz im Klassenzimmer war von meinem Bett aus genau neunhundertdreiundsiebzig Schritte weit entfernt; das machte tausendneunhundertsechsundvierzig Schritte an einem Tag. Bis zum Bäcker waren es vierhundertsiebzehn, bis zum Schuster zweihundertdreiundsiebzig, bis zu unserem Stall nur einundfünfzig, und drei weitere für jede Kuh. Bloß dreiundvierzig Schritte brauchte ich bis zur Schreinerei meines Vaters, noch lieber lief ich aber in die Küche zu meiner Mutter; hin brauchte ich nur halb so viele wie für den Rückweg.

Egal, wohin man wollte, in Segendorf blieb man auf jeder Strecke unter dreitausend Schritten. Und über jede einzelne machte ich mir eine Notiz; das nahm ich sehr ernst, und ich konnte es nicht ausstehen, wenn mich jemand beim Zählen durcheinanderbrachte und ich schätzen musste. Schätzen war kaum besser als Lügen. (Und das sah der liebe Gott gar nicht gern.)

Auf die Idee mit den Schritten hatte mich meine Mutter gebracht, wer sonst. Einmal war ich beim Versteckspiel von Hof zu Hof gerannt – jedes Bauerngrundstück war zur Haupt- und Ludwigstraße hin offen, es gab keine Zäune oder Tore, man konnte es durchqueren, wann man wollte, und von dieser Möglichkeit machten vor allem wir Kinder Gebrauch –, ich war also über einen Hof gerannt, vor dem Stall ausgerutscht und mit dem Gesicht direkt in einem Kuhfladen gelandet. An den Geschmack kann ich mich zum Glück nicht erinnern, ich weiß nur noch, dass meine Mutter, als ich übel gelaunt nach Hause kam, mein Gesicht mit einem kratzigen Lappen sauber wischte und mir ein Stück Brombeerkuchen in den Mund schob, an dessen süßsauren Geschmack ich mich sehr wohl erinnere. Ich solle mehr auf meine Füße achten, bläute sie mir ein, und ich erwiderte kauend, dann bräuchte ich ja ewig, um wohin zu kommen. Darauf lachte sie, stopfte mir den Mund mit einem noch größeren Stück Brombeerkuchen und erklärte, Schritte seien wie Schafe. Zähle man sie, vergehe die Zeit, bis man dort ankam, wo man hinwollte, sehr viel schneller.

Wie langsam die Zeit vergeht, wenn man fast keine Schritte mehr macht, würde ich sie jetzt gerne fragen, wie lange dauert eine Stunde, wenn man in einem dunklen Krankenzimmer liegt, ein Loch in die Decke starrt und auf keine Frage und keine Bitte mehr reagiert, von niemandem, nicht einmal mir, wie lange braucht der Sekundenzeiger da für eine Runde?

Ehrlich gesagt, ich will es gar nicht wissen, mich interessiert nur, wie ich von hier weg komme, und eigentlich sollte das kein Problem sein – vom Haupteingang bis zu ihrem Bett habe ich vierundachtzig Schritte gezählt, mickrige vierundachtzig –, aber es geht nicht. Ich kann nur mit ihr abhauen, genau wie vor siebzehn Jahren, als wir das erste Mal zusammen im Krankenhaus waren und sie mich in ihrem Bauch hinein- und in ihren Armen hinaustrug; daran erinnere ich sie, während ich mein Gebet spreche, und auch daran, als wir Eiszapfen von den Regenrinnen abbrachen und damit fochten, und wie man gegen das Zirpen der Grillen auf den Wiesen anschreien musste, welche Muster wir beim Odeln auf die schneeweißen Felder zeichneten, und wie sie mir eine Räuberleiter machte, damit ich hochsteigen, an den Ästen des Pflaumenbaumes rütteln und alle Pflaumen zum Fallen bringen konnte.

Als einmal jemand meinen Vater fragte, was er an ihr am meisten schätze, sagte er: ihre Unberechenbarkeit. Und auf die Frage hin, was ihm am wenigsten an ihr gefalle, kam seine Antwort keinen Deut langsamer: ihre Unberechenbarkeit. Dann beugte er sich vor, hob geheimniskrämerisch eine Hand vor den Mund und verglich seine Ehe mit einem Apfelbaum, der nur wenig von den Gesetzen der Jahreszeiten halte. An machen Tagen im tiefsten Winter hingen pralle Früchte an seinen Ästen, an anderen im Frühling verweigere er jede Andeutung einer Blüte, und an wieder anderen im Sommer schüttele er sich wie aus einer Laune heraus und entledige sich all seiner Blätter.

Bei der Sonntagsmesse, zum Beispiel, trug meine Mutter von allen Bäuerinnen die höchsten Absätze.

»Um dem LIEBEN Gott möglichst nah zu sein«, sagte sie zu den anderen Frauen, die den Kopf schüttelten.

»Und um ein Stück weiter von denen entfernt zu sein«, flüsterte sie mir zu.

Das mit Schminke gemalte weiße Kreuz und rote Herz auf ihrer Stirn hatte rein gar nichts mit der Schweizer Flagge zu tun, wie manche Nachbarn fälschlicherweise glaubten, sondern war ihre Botschaft an die Welt, so klein die in unserem Dorf auch sein mochte. Obwohl sie mir oft genug erklärte, wie genau diese Botschaft lautete, habe ich das nie richtig verstanden. Nach ihren Ausführungen schwirrte mir bloß der Kopf vor lauter Fremdwörtern: Institution, ostentativ, essenzielle Affektiertheit, Obolus – für mich waren das merkwürdige Geräusche, keine Wörter. Gelernt hatte sie die in einer winzigen Nebenkammer der Stube, fast schon ein Abstellzimmer, in dem ein klobiger Holzofen neben einem Sessel mit kaputten Sprungfedern stand. Drum herum überall Bücher. Atlanten, Reiseführer, Taschenbücher, Ausstellungskataloge, Romane und was weiß ich noch alles türmten sich vom Boden bis zur Decke, und wollte sie ein Buch von weiter unten lesen, musste ich ihr helfen, einen der Stapel anzuheben. Schon seit ich mich erinnern kann, wünschte sie sich von meinem Vater, dass er ihr ein paar Regale zimmerte, aber sobald sie ihn einmal darauf ansprach, schob er wichtigere Arbeiten vor, weshalb sie im Oktober, wenn die ersten, schweren Regenwolken an den Bergen hängen blieben und es tagelang schüttete, viel Wert darauf legte, dass in dem Holzofen ein Feuer brannte, um die Feuchtigkeit aus der Kammer fernzuhalten. In den Augen meines Vaters, hatte sie mir erklärt, gelte das als Verschwendung von Brennholz. Er sage das nur deshalb nicht laut, da er befürchte, sie werde dann wieder mit den Regalen anfangen.

Von meiner Mutter wusste ich auch, dass meinem Vater für jedes Thema, das er nicht ansprach, ein Barthaar spross. Und er trug einen so dichten Vollbart, dass er mithilfe von etwas Kreidestaub aussah wie der dünne Zwillingsbruder des Nikolaus. An jedem sechsten Dezember stapfte er, in einen mit Schafswolle gefütterten Ledermantel gehüllt, von Haus zu Haus durch den Schnee in unserem Dorf. Ein Kissen für die angemessene Wampe vor den Bauch gespannt und einen Sack voller Geschenke auf dem Rücken, ausgerüstet mit einem selbst geschnitzten Wanderstab und einem goldenen Buch voller blanker Seiten, spielte er den Nikolaus für alle Kinder, deren Eltern ihn dafür bezahlten.

Ich bekam ihn umsonst; obwohl ich mit zehn Jahren schon lange nicht mehr an den Nikolaus glaubte, und auch nicht ans Christkind, und noch weniger an den Osterhasen. Der Einzige, den es wirklich geben musste, war der liebe Gott. Sonst wären wir drei nicht jeden Sonntagmorgen auf den Traktor gestiegen, auch bei Dunkelheit und minus achtzehn Grad im Winter, und mit zwanzig Stundenkilometern Spitzengeschwindigkeit in den Nachbarort gezuckelt, zur Kirche. Ein Auto besaßen wir nicht. Dafür sechsundzwanzig Milchkühe, eine schwankende Anzahl an streunenden Katzen, die besonders gern in unserem Heuschober Junge warfen, acht Hühner, einen Hahn und einen türkisgrünen Traktor, der mich während der Fahrt so durchschüttelte, dass sich meine Pobacken danach taub anfühlten.

Trotz des Schleichtempos schaffte ich es nicht, die Schritte von unserem Hof bis zur Kirche zu zählen. Ich konzentrierte mich auf die Streifen in der Straßenmitte und schlug immer zwischen zweien die Zähne zusammen, klack, und ich forderte mich heraus, klack, wenn es mir nicht gelänge, klack, das bis zu unserem Ziel durchzuhalten, klack, würde etwas Schlimmes passieren, klack, zum Beispiel die Sonne nie mehr aufgehen, klack, und dann könnten meine Eltern nicht wissen, klack, wann die Nacht zu Ende wäre, klack, und müssten bis in alle Ewigkeit streiten, klack, klack, klack.

Mein Vater gab mir einen Klaps auf den Hinterkopf und meine Mutter küsste mich genau auf diese Stelle. Niemand redete. Wir rollten die Landstraße entlang, der Wind in meinem Gesicht war eisig, ab und zu überholte uns ein Wagen mit viel Gehupe, und ich machte weiter klack in meinem Kopf.

Hinten. Neunzehnhundertdreiundneunzig, an einem Sonntag im November, ich weiß noch, es war ein Sonntag im November, zwei Wochen nach meinem zehnten Geburtstag, nahmen wir in der Kirche zum ersten Mal hinten Platz, neben den Leuten, die zu spät kamen. Dabei gehörten wir zu den Pünktlichen. (Unser Traktor brauchte zwar seine Zeit, aber jedes Mal die gleiche; bei Glatteis fuhr er nicht langsamer und bei Sonnenschein nicht schneller.) Normalerweise saßen wir in der ersten, zweiten, höchstens in der dritten Reihe, niemals weiter vom Altar entfernt. Zuerst dachte ich, dass mein Vater sich mit meiner Mutter nicht nach vorne trauen würde; abgesehen von ihren hohen Absätzen und der geschminkten Stirn trug sie an diesem Sonntag einen purpurroten Mantel, in dem sie leuchtete, als wäre die restliche Welt ein Schwarz-Weiß-Film. Aber es war meine Mutter, die ihn nach dem Bekreuzigen auf die vorletzte Sitzbank zog; ihm blieb gar nichts anderes übrig, als ihr zu folgen.

Mir gefiel das nicht. Meine Mutter versteckte sich nicht im Schatten der Empore, der Altar dort vorne war die größte Bühne in unserer Gegend, und meine Mutter hätte versuchen müssen, ihr möglichst nah zu sein.

»Warum willst du nicht vor?«, fragte ich sie.

»Weil man hier ganz neue Perspektiven gewinnt«, lautete ihre Antwort.

Perspektiven – wieder so ein Geräusch. Bevor ich fragen konnte, was sie damit meine, kam der Pfarrer auf uns zu und begrüßte uns. Als später die Orgel über unseren Köpfen zu spielen begann, sah ich, wie meine Mutter den Kopf zur Seite drehte und dem Orterer am rechten Ende unserer Bank zulächelte. Mit der einen Hand hielt er seinem Sohn Manfred, meinem Klassenkameraden, das Gesangbuch, die andere lag im Schoß seiner Frau, die in einem Rollstuhl neben ihm saß. Und er lächelte zurück. Ich fand sein Lächeln furchtbar, ich fand, es war das hässlichste Lächeln, das ich je gesehen hatte. Kein Wunder, dass er bei der Müllabfuhr arbeitete, Menschen mit einem so hässlichen Lächeln hatten nichts Besseres verdient, als dauernd stinkenden Abfall herumzuschleppen.

An dieses Lächeln musste ich als Erstes denken, als ich am nächsten Tag von einer Stubenfliege geweckt wurde, die sich immer wieder auf mein Gesicht setzte. Es wäre mir lieber gewesen, ich hätte den Orterer in der Kirche gar nicht bemerkt. Beim Gedanken an ihn fühlte ich mich unwohl, mein Kopf war schwer, ich fragte mich, ob ich krank wurde. Die Fliege landete auf der Matratze dicht vor meinem Gesicht, und ich beobachtete, wie sie ihre Beinchen aneinanderrieb, als freue sie sich auf einen Leckerbissen. Ich hielt den Atem an, holte vorsichtig aus, um die Matratze nicht zu erschüttern, und schlug so heftig zu, wie ich konnte. Als ich meine Hand, gespannt auf das Ergebnis, wegnahm, zuckte die Fliege noch mit ihren – recht zerknitterten – Flügeln. Schnell griff ich nach einem Taschentuch und zerdrückte sie damit. Und das tat erstaunlich gut.

An diesem Morgen tötete ich fast dreißig Fliegen. Bewaffnet mit zwei Fliegenklatschen, lief ich um unseren Misthaufen, pro Schritt ein Hieb, atmete wegen des Jauchgestanks durch den Mund und sammelte meine Beute in den Hosentaschen. (Nicht umsonst zählte ›Das tapfere Schneiderlein‹ zu meinen Lieblingsmärchen.)

Zufrieden zählte ich auf dem Weg zurück über den Hof die einundfünfzig Schritte ab, und gerade, als ich bei zwanzig angelangt war, hörte ich ein Fahrzeug an der Hauptstraße halten. Ich ging nachsehen. Der knallorange Transporter der Müllabfuhr stand zur Hälfte auf dem Bürgersteig. Soeben eilte meine Mutter auf ihn zu. Die Fahrertür öffnete sich – der Orterer. Wieder mit so einem grässlichen Lächeln. Sofort ließ meine Mutter die Papiermülltonne stehen. Als sie ihn erreicht hatte, ergriff er die Hand meiner Mutter, legte sie sich an die Wange und schloss die Augen.

Ich rannte zur Werkstatt, trommelte gegen die Scheiben. Das Kreischen der Kreissäge erstarb, Schritte näherten sich, das Gesicht meines Vaters erschien hinter dem Fenster, er trug plüschige Ohrenschützer.

»Was?«

Als er an mir vorbeisah, wurde mir klar, dass meine Mutter mir gefolgt war.

Jetzt schlug mein Vater gegen die Scheibe. »Was ist denn?«

Ich glaube, wäre in diesem Moment der Orterer aufgetaucht, ich hätte meinem Vater von ihm erzählt. Doch er kam nicht. Da stand nur meine Mutter, die Arme merkwürdig gelassen hinter dem Rücken verschränkt, und fixierte mich. Was wollte sie?

»He!« Mein Vater hatte seine Ohrenschützer abgenommen und das Fenster geöffnet. »Bist ja kreideweiß.«

Im Hintergrund heulte der Motor des Mülltransporters auf, als er weiterfuhr, und das entspannte mich ein wenig.

»Hab dich lieb«, sagte ich zu meinem Vater. Das Erste, was mir einfiel.

»Dich auch«, murmelte er und schloss das Fenster. Gleich darauf setzte erneut das Kreischen der Kreissäge ein.

Meine Mutter wollte ihre Hände auf meine Schultern legen.

Ich wich ihr aus.

Zu meinem Baumhaus waren es neunundfünfzig Schritte.

Zum Beten war es zu kalt. Die Arme um die angezogenen Beine geschlungen, kauerte ich in einer Ecke meines Baumhauses, das mein Vater vergangenen Sommer für mich gezimmert hatte. Durch die Ritzen und Spalten drang kühle Luft. Über mir hing ein Spinnennetz in Fetzen; von seiner Architektin keine Spur. Ich schlug die Zeit tot, indem ich grübelte, ob jeder Schritt mit einem ihrer Beine für sich allein zählte, wie bei Menschen, und, falls nein, ob sie insgesamt mehr oder weniger Schritte bräuchte als ich, um in mein warmes Zimmer zu gelangen.

Jemand klopfte von unten an das Baumhaus.

»Bist du da?«, rief meine Mutter.

Der Baum ächzte, ich spürte, wie er sanft hin und her schwang, die Spinne über mir verkroch sich in einem Astloch, und dann stieg meine Mutter zu mir in den Ausguck. Schweigend setzte sie sich mir gegenüber, blies sich eine Haarsträhne aus dem geröteten Gesicht. Dann lehnte sie sich vor und hielt mir ihre offene Hand hin, eine Hand, mit der sie wahrscheinlich den Orterer berührt hatte.

Durfte ich jetzt schon nachgeben?

Bevor ich mich für etwas Falsches entscheiden konnte, rückte ich zu ihr und schmiegte mich an sie. Das fühlte sich immer richtig an.

Nach einer Weile wies sie mich auf die vielen Löcher und Ritzen im Baumhaus hin, durch die man nach draußen schauen konnte. Wäre es nicht furchtbar, sagte sie, wenn jedes Gebäude nur ein einziges Fenster besäße, nur eine einzige Perspektive auf die Welt? Schon seit sie denken könne, sei ihr Bedürfnis nach neuen Perspektiven größer gewesen als das der meisten Leute, sie brauche einfach mehr Fenster in ihrem Haus, um glücklich zu sein, flüsterte sie mir ins Ohr. Und da ich als Zehnjähriger nichts von Metaphern verstand, beruhigten mich ihre Worte ungemein; schließlich war das Anfertigen von Fenstern – wie ich aus eigener Erfahrung wusste – für meinen Vater eine leichte Übung.

In der Schule erlöste mich sechs Stunden und rund tausendeinhundert Schritte später das metallisch scheppernde Bimmeln der Schulglocke vom Religionsunterricht, und ich verließ das Klassenzimmer, in Vorfreude auf Kaiserschmarrn mit Puderzucker und Apfelkompott, unser Montagsgericht, als ich meinen Vater sah, der am Ausgang auf mich wartete.

Dass er mich noch nie von der Schule abgeholt hatte, ließ er sich nicht anmerken, und verhielt sich stattdessen, als wäre es schon immer so gewesen, begrüßte mich, indem er mir wortlos durchs Haar fuhr, und machte mir dann Zeichen, ihm zu folgen. Und auch wenn mich das ziemlich verwirrte, ließ ich es mir doch gefallen, neben meinem groß gewachsenen Vater durch die Schar der aus dem Schulgebäude strömenden Kinder zu schreiten, von denen die meisten den Heimweg allein antraten.

Er führte mich zu der nahe gelegenen Eislaufbahn, die bereits vor meiner Geburt stillgelegt worden war, und wir nahmen in der vordersten Reihe der morschen Holztribüne Platz. Unkraut hatte die Fläche vor uns in Besitz genommen, die früher von Eis überzogen gewesen war, gelber Flächenpilz und Moos wucherten auf den Sitzbänken. In der großen Pause rauchten hier heimlich Jugendliche aus der Oberstufe. Jeder wusste das.

Mein Vater zupfte an seinem Bart und fragte: »Geht's gut?«

Ich nickte vorsichtig.

»Heute früh«, sagte er, »was war da los?«

Damit er nicht in meinem Gesicht lesen konnte, beugte ich mich über meinen Schulranzen und spielte mit dem Verschluss.

»Mama hat irgendwas gemacht, oder?«

Lasche auf, Lasche zu, Lasche auf – er fasste mich, seltsam sanft, am Kinn und drehte meinen Kopf zu sich, sodass wir einander in die Augen sahen; erst jetzt bemerkte ich, dass seine feucht waren.

»Manchmal tut sie Dinge, die kann man nicht verstehen. Die versteht sie selbst nicht.« In seiner Hand hielt er mit einem Mal ein Stofftaschentuch und schnäuzte sich; seine Nase war rot wie nach ein paar Gläsern Schnaps.

Ich beobachtete eine Träne, die sich von seinen Wimpern löste, die Nase entlangperlte und im Dickicht seines Bartes verschwand. Dabei weinte mein Vater niemals, nicht einmal, wenn er sich bei der Arbeit einen Spreißel einzog oder sich schnitt, mein Vater weinte nie, und als er jetzt genau das tat, war das die schlimmste und wunderbarste Sache, die ich mir vorstellen konnte. Und so beschwerte ich mich auch nicht, als er meine Hand nahm und so fest zudrückte, dass es schmerzte.

In dieser Nacht rissen mich wieder Schreie aus dem Schlaf. Nur diesmal war es anders; ich hörte meinen Vater nicht. Und dann war da noch etwas, das ich erst begriff, nachdem ich ein paar Minuten ins schwarze Nichts gestarrt hatte, ohne mich zu rühren: Ich konnte verstehen, was sie schrie. Ein Wort, es war immer dasselbe Wort. Es war mein Name.

Wie lange ich so dalag und darauf wartete, dass sie aufhörte, kann ich nicht sagen. Ich versuchte, jedes Herzklopfen zu zählen, kam jedoch dauernd mit den Zahlen durcheinander. Als ihre Stimme so laut wurde, dass ich befürchtete, die Nachbarn könnten sie hören, schlüpfte ich aus dem Bett und öffnete die Tür. Ständig wiederholte sie meinen Namen, es störte mich, wie sie ihn sagte, er klang gar nicht nach mir. Langsam schlich ich zur Treppe. Nach unten in die Stube waren es nicht mehr als vierunddreißig Schritte, und trotzdem kam mir der Weg so endlos vor, als würde ich die neunhundertdreiundsiebzig zur Schule gehen.

Ich fand sie in der Nebenkammer hinter dem Sessel. Meinen Vater konnte ich nirgends ausmachen. Sie saß im Schneidersitz am Boden, ihr Daumen steckte in der Faust der anderen Hand, und als sie mich bemerkte, verstummte sie. Mir fiel auf, wie viel Platz in dem Zimmer war. Bis auf einen kleinen Haufen waren alle Bücher verschwunden. Der Holzofen strahlte eine wahnsinnige Hitze aus, und erst als ich genauer hinsah, erkannte ich hinter dem rußverschmierten Fenster an der Vorderseite einen Buchdeckel, durch den sich das Feuer fraß. Ob Papa sie verbrannt hatte, wollte ich fragen, ließ es dann aber bleiben.

»Mama?«

Ich ging zu ihr.

»Mama.«

Es war schwer, sie zu berühren. Ich legte meine Hand zuerst nur auf ihre Schulter, dann streichelte ich sie ein wenig. Keine Reaktion.

»Mama!«

Ich rüttelte sie, nahm ihren Kopf in die Hände, packte ihn und zwang sie, mir ins Gesicht zu sehen, und obwohl ihre Augen, die stets hübschen Augen, genau auf mich gerichtet waren, schien mich ihr Blick doch nicht zu erreichen, als wäre ich weit weg und für sie in der Ferne kaum auszumachen. Oder als versperrten ihr Balken und Dielen die Sicht.

Ich ließ ihren Kopf wieder sinken, nahm neben ihr Platz, wartete.

So saßen wir eine ganze Weile dort. Was in meinem Kopf vor sich ging, weiß ich nicht mehr, und will es auch nicht wissen. Irgendwann, als mir klar wurde, dass mein Vater in dieser Nacht nicht mehr auftauchen würde, beschloss ich, sie ins Bett zu bringen. Ich bat sie aufzustehen, und war fast überrascht, als sie genau das tat. Ohne Widerspruch ließ sie sich ins Schlafzimmer führen, sich aus den Klamotten helfen. Mit einem Schwamm wischte ich die vom Schweiß verlaufene Schminke aus ihrem Gesicht. Ich brachte ihr ein Glas Milch, das sie in einem Zug leerte, und blieb so lange bei ihr, bis sie eingeschlafen war. Dann setzte ich mich ans Fenster und wartete auf den Sonnenaufgang.

Als sie mir am nächsten Morgen Dampfnudeln kochte, meine Leibspeise, als wir den Holzofen reinigten und sie mir sagte, dass mein Vater keines der Bücher angerührt hatte, als wir die Asche auf dem Kompost entsorgten und sie lächelte und eine Handvoll davon in den Wind blies, damit er alle Geschichten in die Welt trug, dachte ich die ganze Zeit über, was für eine schöne Frau meine Mutter sein konnte, und meine Augen brannten.

Danach ging das Jahr schnell zu Ende. Noch am selben Morgen brach mit dem ersten Schneefall der Winter ein. Frost härtete die Schneedecke und hinderte sie daran zu schmelzen. Und in unserem Haus schrie niemand mehr. Und Manfred Orterers Stuhl im Klassenzimmer blieb von nun an leer. Und die Müllabfuhr übernahm ein Jugoslawe, dessen Name das eigenartigste Geräusch war, das ich je gehört hatte.

Und meine Mutter begleitete meinen Vater und mich nur noch selten zur Sonntagsmesse, bei der nun mein Vater dafür sorgte, dass wir möglichst weit vorne saßen. Auch schaffte sie sich keine neuen Bücher an, was mein Vater für ein gutes Zeichen hielt; das sei nur vernünftig, auf die Weise würden wir viel Brennholz sparen, betonte er regelmäßig beim Abendbrot zwischen einem Bissen Landjäger und einem Schluck Apfelmost, streichelte meiner Mutter die Wange und versprach mir einen drei Meter hohen Weihnachtsbaum aus unserem Wald. Darauf antwortete meine Mutter jedes Mal mit einem Kuss, den sie ihm auf die Stirn drückte, ehe sie sich schlafen legte.

Vor diesem Winter hätte ich nicht gedacht, dass man jemals so müde sein konnte. Meine Mutter schlief, sobald die Sonne unterging und über die Mittagsstunden hinaus. Sogar auf dem Beifahrersitz des Traktors. Sie verschlief eine Aufführung der Weihnachtsgeschichte, die meine Klasse im Dezember auf die Schulbühne brachte, mit mir als Melchior.

Ohne zu schnarchen, schlief sie, tief in die Bettdecke eingegraben, bei offenem Fenster. Bis wir schließlich aus Sorge um sie ein paar Tage vor Heilig Abend den Arzt riefen, den sie prompt ohrfeigte, weil er sie als »große Schauspielerin« bezeichnete.

Nachdem mein Vater mit ihm vor die Tür gegangen war, um allein mit ihm zu sprechen, blickte sie in ihren Handspiegel und bat mich, ihn für sie zu halten, damit sie die Zeichen auf ihrer Stirn erneuern könne. Sie seien schon fast verblasst.

Stumm folgte ich ihrer Bitte, und während meine Arme schwer wurden, stieg mir ihr Körpergeruch in die Nase, eine üble Mischung aus Schweiß und Schlaf, die mich durch den Mund atmen ließ.

Sie benässte ihren Mittelfinger und korrigierte damit einen frisch gemalten Senkrechtstrich. »Wir kommen trotzdem dahin, wo wir hinwollen.«

Diesmal waren es nicht die einzelnen Wörter, die ich nicht verstand, sondern deren Kombination; der ganze Satz war ein Geräusch.

»Ich will gar nicht weg«, sagte ich.

Sie lächelte müde und tippte mit dem roten Lippenstift an meine Nasenspitze. »Irgendwann wirst du's wollen.«

Am zweiten Weihnachtsfeiertag beschloss sie aus heiterem Himmel, sich mit dem Tranchiermesser das auf die Stirn gemalte Herz in die Haut zu ritzen. Mein Vater schloss sie in der Wäschekammer ein und brüllte ins Telefon. Mir brannten die Augen. Mit dem Ohr dicht an der Tür zur Wäschekammer horchte ich und bemühte mich zu verstehen, was sie vor sich hin sprach. Ich war froh, dass sie nicht rauskonnte.

Da sie auf Klopfen nicht reagierte, versuchte ich es mit: »Ich bin's.«

»Du?« Sie schnalzte mit der Zunge. »Dir bin ich böse.«

Auch ohne sie zu sehen, wusste ich, wie unheimlich ihre Augen leuchteten. Und das ließ mich die Hände falten und flüsternd beten und an den Vergleich mit dem Apfelbaum denken. Mein Vater hatte richtiggelegen; an manchen Tagen brauchte sie für ein und denselben Weg bloß fünf Schritte und an anderen ganze neun. Und manchmal, wenn sie es darauf anlegte, erreichte sie ihr Ziel mit einem einzigen, riesigen Satz.

Was ist das für ein Mist, wenn alle dazu beitragen, dass die Dinge in eine bestimmte Richtung laufen, in die eigentlich gar keiner will? Warum sich den Kopf zerbrechen über eine Sache, die man sowieso nicht mehr ändern kann. Das kommt mir ebenso idiotisch vor wie jede verlogene Frage der Nachbarn aus Segendorf, die sich als Erstes, sobald man ihnen über den Weg läuft, nach dem Wohlergehen meiner Mutter erkundigen und sie bis heute kein einziges Mal besucht haben.

Es vergeht kein Besuch bei ihr in der Klinik, ohne dass meine Augen wieder brennen, und das kann vielleicht nicht jeder verstehen, ich verstehe es selbst nicht ganz, aber ich mag dieses Gefühl, mag das, woran es mich erinnert, viel lieber jedenfalls als die Jahre danach, in denen bloß die Gesichter ihrer Ärzte wechselten, und die Namen und Farben auf den Verpackungen der Tabletten.

Jetzt male ich mit Lippenstiften ein weißes Kreuz und ein rotes Herz auf ihre Stirn und über die Narben. Darüber freut sie sich, das merke ich, auch wenn sie keine Miene verzieht. Wann sie das letzte Mal etwas zu mir gesagt hat, daran erinnere ich mich nicht. Vielleicht kommen für sie nur merkwürdige Geräusche aus meinem Mund.

Um Mitternacht ziehe ich das Rollo hoch, die ersten Raketen explodieren am Himmel. Ich wünsche ihr ein frohes neues Jahr, und als ich ihr einen Kuss auf die Wange geben will, packt sie meinen Kopf, sie ist stärker, als ich dachte, und spricht mit einer nüchternen, klaren Stimme, als wäre es das Normalste auf der Welt, in mein Ohr: »Die Sonne geht auf.«

Und ich bewege mich nicht; sie riecht gut nach Seife, außerdem ist ihr Griff viel zu fest. Gemeinsam sehen wir aus dem Fenster, es tut gut zu wissen, dass sich das Feuerwerk in ihren und in meinen Augen spiegelt, und ich spreche ein Gebet in ihren Kopf. Und wenn jedes Wort ein Schritt ist, und jeder Schritt die Zeit bewegt, dann kann es, glaube ich, nicht mehr lange dauern, bis wir dort ankommen, wo wir beide hin wollen.

Wenn es klopft

Klopfen. In den frühen Abendstunden eines trüben Novembertages hörte ich vergangenes Jahr zum ersten Mal das schnelle, harte Pochen an meiner Tür; obwohl die Klingel, soweit ich wusste, tadellos funktionierte. Der Postbote hatte längst seine Runde gemacht und Freunde, die nach Feierabend auf ein Glas Wein vorbeischauten, konnte ich getrost ausschließen, immerhin lebte ich erst seit ein paar Monaten in Leipzig. Einquartiert hatte ich mich in einer übersichtlichen, dafür günstigen Altbauwohnung mit Nordbalkon im Zentrum des studentischen Viertels. Ich misstraute der Südvorstadt, wegen ihrer Umtriebigkeit; bevor ich mich abends hinlegte, sah ich immer noch eine Weile aus dem Fenster und konnte draußen grölende und lachende Gestalten beobachten, denen es offensichtlich gleichgültig war, ob sie jemanden aus dem Schlaf rissen. Die geringe Distanz, eine Folge der Umtriebigkeit, führte mitunter dazu, dass die dürre Frau an der Kasse des Supermarkts mich fragte, ob es bereits derart kalt sei, als ich an einem durchaus schattigen Nachmittag im Spätsommer, eingepackt in Mütze, Schal und Mantel, den Laden betrat – ich wusste in solchen Situationen nie, was antworten, bemühte ein Lächeln und ging. Die Verschwiegenheit des Kellners im vietnamesischen Restaurant, der mit Gästen fast ausschließlich per Kopfnicken oder Kopfschütteln kommunizierte, zog ich vor. Auch weil er, wenn ich den günstigen »Unideal« (gebratenen Reis mit Gemüse und Hühnerfleisch) bestellte, nie nach meinem Studentenausweis fragte, der längst abgelaufen war. Elf Semester Geisteswissenschaft ohne Abschluss hatten mich auf direktem Weg ins Jobcenter geführt, wo es einer hartnäckigen Dame gelungen war, mir eine Anstellung in einem Zwischenlager der Post in Leipzig aufzudrängen, indem sie abwechselnd immer wieder mein Alter (zweiunddreißig) und meine beruflichen Erfahrungen (keine) betonte. So trat ich meinen ersten Arbeitstag an, in dem Glauben, das sei nur eine vorübergehende Lösung, ein Gelegenheitsjob. Und als ein solcher stellte er sich auch heraus. Jedenfalls für meine stets wechselnden Kollegen. Was mich hingegen betraf, ich blieb. Abgesehen von den Mittagspausen, in denen sich manche über die Eigenarten ihrer heranwachsenden Kinder austauschten, war ich vorwiegend allein, archivierte Postsendungen in allen Größenordnungen und kurvte mit dem Gabelstapler durch eine Lagerhalle, deren Ausmaße an ein Stadion erinnerten. So oft wie möglich übernahm ich die Spätschicht und streifte zwischen meterhohen Regalen umher, erkundete neue Schleichwege und genoss die nächtliche Stille, die einzig Raum für meine hallenden Schritte bot. Eine willkommene Dosis Ruhe; sie half mir, den Tag zu überstehen. Wollte ich meine Wohnung verlassen, horchte ich jedes Mal, ob sich jemand im Treppenhaus aufhielt, schlüpfte, falls die Luft rein war, rasch durch die Tür, warf sie hinter mir zu, drehte den Schlüssel zweimal um, und lief dann die Treppe hinunter; hielt ich mich in der Wohnung auf, verriegelte ich zu jeder Tages- und Nachtzeit die Tür. Schon während meines Studiums war ich grundsätzlich eine halbe Stunde vor Vorlesungsbeginn erschienen, um einen Platz am Rand in der hintersten Reihe zu ergattern, damit ich den ungelenken Bewegungen der Kommilitonen entging, die mit ihren Ellbogen und Knien nicht wussten, wohin; Wohngemeinschaften, ein Nährboden für allerlei Auseinandersetzungen mit Fremden, waren mir eine beunruhigende Vorstellung, Zugfahrten, insbesondere zur betriebsamen Weihnachtszeit, ein Gräuel, und von Clubs, mit ihrer im Dunkel zappelnden Masse Angetrunkener, hielt ich mich tunlichst fern. Die Menschen machten es einem nicht leicht, sie zu mögen, vor allem solche, die nicht zurücklächelten, die über einen sprachen, so, wie man über jemanden spricht, der nicht hören soll, was man sagt, aber hören soll, dass man etwas über ihn sagt, deren starrende Blicke einen unvermittelt trafen, die einen anrempelten und sich nicht dafür entschuldigten, oder die direkt hinter einem in der Schlange standen, einem in den Nacken husteten, ins Ohr lachten, auf die Ferse traten. Die unerwartet an die Tür klopften.

Um siebzehn Uhr vier, als es dämmerte, Kindergebrüll im Innenhof ertönte und ich gerade im Begriff war, den ›Leutnant Gustl‹ aufzuschlagen, deuteten alle Kanten im Zimmer auf mich und ließen mich rätseln, wer auf die Idee gekommen sein mochte, mir spontan einen Besuch abzustatten. Ein Arbeitskollege? Der stumme Vietnamese? Die dürre Kassiererin?

Ich legte das Buch beiseite, ging in den Flur und berührte die Tür mit der Hand, als könnte ich sie so beruhigen und dem Klopfen Einhalt gebieten, und ärgerte mich, dass ich mir nicht schon längst einen Türspion hatte einbauen lassen.

Es klopfte erneut.

»Wer ist da?«, rief ich.

Eine erregte, weibliche Stimme antwortete: »Ich!«

Der hilflose Klang dieses Wortes machte mir Mut; ich öffnete die Schlösser, zog die Tür auf, und vor mir erschien eine füllige Frau im Jogginganzug, die einen sonderbaren Hut trug, der sich bei näherer Betrachtung als ihr gerauftes Haar herausstellte. Sofort machte sie einen fordernden Schritt auf mich zu und redete auf mich ein. Größtes Unglück sprach ihr aus jeder Pore; man hatte ihren Hund überfahren, dachte ich, ihre Wohnung ausgeräumt oder ihren Mann entführt.

Als sie geendet hatte, sah sie mich ungeduldig an.

Ich verschränkte die Hände ineinander, entschuldigte mich für meine mangelnde Aufmerksamkeit, sprach von Kopfschmerzen, das Wetter, Sie verstehen?

Schmunzeln umspielte ihre Lippen.

Ein wenig wich meine Aufregung, und ich bat sie, noch einmal von vorn zu beginnen.

Darauf nickte sie und erklärte mir erneut, sie habe sich ausgeschlossen und wolle kurz telefonieren.

Ich war froh, ich war erleichtert. Ich hatte ein Telefon, gleich hier im Flur. Der Weg war nicht weit.

Nachdem sie eine Nummer gewählt hatte, überlegte sie es sich anders, ließ den Hörer sinken, ergriff meine Hand und drückte sie fest.

»Dignich«, sagte sie erfreut.

Ich stellte mich ebenfalls vor, worauf sie mich mit einem kurzen Lacher, einem *Ha!*, losließ und den Schlüsseldienst rief. Frau Dignich wollte, wie sie mir nach dem Telefonat erläuterte, nicht ihre Tochter Mari wecken, mit der sie vor Kurzem in die Wohnung über mir gezogen war. Obwohl es ein Leichtes gewesen wäre, Mari klingelnd aus dem Bett zu werfen, um sich die Kosten für den Schlüsseldienst zu sparen.

»Kinder brauchen ihren Schlaf«, sagte Frau Dignich wie selbstverständlich; in ihrem Blick lag etwas beunruhigend Liebevolles. »Gehört zu meinen obersten Prinzipien«, fügte sie ernst hinzu.

Wiederholte sich in den darauffolgenden Tagen pünktlich um achtzehn Uhr dreißig das schnelle und harte Klopfen, war es mit hoher Wahrscheinlichkeit Frau Dignich, die mit dampfender Spinatlasagne, selbst gebackenem Brot, einem gegrillten Hühnchen, Bohneneintopf oder Käsekuchen aufwartete. *Klopfen* bedeutete *Essen*. Selten hatte ich so gut und reichlich gegessen; es war mir unangenehm, mit welcher Großzügigkeit sie mich versorgte, aber ich lehnte ja auch keine Mahlzeit ab, die meine Mutter zubereitete; es hätte sie verletzt. Frau Dignich ließ keine Gelegenheit aus zu beteuern, ich hätte mir jede einzelne Gabel ihrer Gerichte redlich verdient. Dass sie sich allerdings bereits mit einer einzigen Verköstigung revanchiert hatte, wussten wir beide. Es gefiel ihr! Und es gefiel ihr, dass es mir gefiel. Und vielleicht bedauerte sie mich ein wenig, den – aus ihrer Sicht – jungen Mann, der seinen Körper mit einer Überdosis von fettigen Döner und scharfen asiatischen Gewürzen zugrunde richtete.

Gewiss wäre sie weniger anhänglich gewesen, wenn sie mehr über mich erfahren hätte; einzig, dass ich studiert hatte und nun bei der Post arbeitete, erzählte ich ihr. Sie dagegen gab nicht einmal preis, wovon sie die Miete zahlte oder weshalb sich Maris Vater nie blicken ließ. Vermutlich scheute sie wie ich diesen unsympathischen Aspekt des Lebens, für den es kaum eine passendere Bezeichnung gibt als »Lebenslauf«; das Leben läuft, ohne abzubremsen oder zu pausieren, im Gegenteil, mit der Zeit erhöht es sein Tempo sogar noch, es eilt mit enormer Geschwindigkeit und nicht selten auch davon. Frau Dignichs äußeres Erscheinungsbild war dafür das beste Beispiel. Nicht zuletzt wegen ihrer unerquicklichen Aura beschränkte sich unsere Bekanntschaft auf die kurzen Treffen an der Türschwelle. Sie brachte mir Essen und ich ihr Geschirr. Diese nachbarschaftliche Beziehung auszubauen, mit einem gemeinsamen Abend, einem Film von der Videothek, zwei Menschen, die sich ihre Sorgen vortrugen – darauf verzichteten wir. Keinen Gedanken verschwendete ich daran, dass Frau Dignich so etwas wie eine Ersatzmutter für mich sein könnte. Und mehr als ein Ersatzesser wollte ich nicht sein.

Doch Frau Dignich blieb unermüdlich. Selbst nach einem Monat hieß es weiterhin: Klopfen – Wiener Schnitzel. Klopfen – gefüllte Paprika. Klopfen – Fischstäbchen. Sie briet und kochte und buk, und ich kaute und schluckte und kam mir vor wie Hänsel, bis ich Mitte Dezember, wie immer um halb sieben, die Tür öffnete und soeben darauf hinweisen wollte, dass beim Würzen der Tomatensoße nächstes Mal zu überlegen wäre, ob etwas weniger Oregano dem Geschmack dienlicher sei, als mit einem Mal Mari vor mir stand. Sie umklammerte eine ausladende Schüssel Vanillepudding, von der ich mich das ganze Wochenende über würde ernähren können, und entschuldigte nuschelnd ihre Mutter, die bereits unterwegs zur Arbeit sei.

Ich betrachtete sie und dachte, dass man sehr gut daran tat, wenn man Mari weiterschlafen ließ und den Schlüsseldienst rief, falls man sich ausgeschlossen hatte. Türkisgrüne Jeans, ein bis zum vierten Knopf geöffnetes, rotes Hemd und ein ins

Weiß gehender, himmelblauer Schal, der sich wie eine Schlange mehrmals um ihren schmalen Hals geschlungen hatte, bildeten den Grundton, während verschiedene glitzernde Accessoires, darunter eine Rosenbrosche, der Gürtel und die Schnürsenkel, die nötigen Akzente setzten. Ihre Kleidung war so leuchtend provokant wie jedes liebevoll verpackte Weihnachtsgeschenk – es auszupacken ein unvermeidbarer Gedanke. Ihre Haare schwarz, von braunen Strähnen durchzogen, glatt und schulterlang. Augenbrauen wie Lippen feinste Linien. So andächtig der Schatten der Wangenknochen. Eine hochmütige Nase, spitz und klein. In ihre Augen geträufelt die Perfektion des Kecken, grün, manchmal blau, dann doch wieder grün. Und die Zähne blank, von bestechendem, unwirklichem Weiß.

Ich sagte »Vielen Dank«, nahm die Puddingschüssel entgegen, sah ihr in die Augen, sagte: »Vielen Dank!« Und schloss die Tür.

Und dann dachte ich, dass ich noch etwas hätte hinzufügen sollen, etwas Originelles, Freches, mit einem Schuss Welthaltigkeit.

Es klopfte.

Ich öffnete sofort.

Mari lächelte. »Lust, mir bei den Hausaufgaben zu helfen?«

»Wie alt bist du?«, wollte ich wissen und fragte: »Vorbereitung fürs Abitur?«

Viele Leute hielten sie für so alt, gluckste sie.

Nachdem wir ein paar Minuten zwischen Tür und Angel über ›Effi Briest‹ genörgelt hatten, womit das Thema abgehakt war, fragte Mari nach etwas zu trinken, und ich bot ihr Apfelsaft an.

Sie zog eine Augenbraue hoch. »Wein?«

Erfreulicherweise hatte Feinkost Yüksel in der nächsten Querstraße noch geöffnet. Als ich außer Atem mit zwei Flaschen Rotwein in die Wohnung zurückkehrte, saß sie auf meinem Sofa, die Beine angezogen und mit den Armen umschlungen und wiegte sich vor und zurück, legte den Kopf schief und blinzelte mich neckisch lächelnd an.

Woher war das Mädchen gekommen? Wer hatte es geformt? Sicher nicht meine Nachbarin, eine Frau namens Dignich, herzlich und gemütlich, und wenig mehr. Wem hatte sie dieses Mädchen gestohlen? Es gab kaum Anhaltspunkte für eine Verwandtschaft; sie lebten zusammen, Mari nannte Frau Dignich Mutter und sie trug die Klamotten, die Frau Dignich bezahlte. Ansonsten aber sprachen alle Indizien dagegen, dass Mari Frau Dignichs Tochter war. Zuallererst Maris schlanker, zarter Körper. Und die Spritzigkeit. Und ihre Kunst, sich zu bewegen, jedes Hoseumkrempeln, Glasnehmen, Blinzeln ein inszeniertes Ereignis. Und nicht zuletzt ihre Lebensfreude – furchtbares Pathos, ja, aber nie zuvor bin ich jemandem begegnet, der das Kindesalter überschritten hat und mit Leidenschaft beschreibt, wie er ein Glas Pesto im Supermarkt gesucht, sich die Ohren geputzt, einen Schneeball geworfen hat, dass man miteifern möchte ... wie genau war das noch mal mit dem Pesto, den Ohren, dem Schneeball, sag schon, wie?

Später am Abend griente sie mit vom Bordeaux lila gefärbten Lippen und meinte: »Du bist echt zum Schießen«, was uns herumrätseln ließ, woher dieser Ausdruck eigentlich stammte. Ich war für die Jagd, sie für die Fotografie. Bevor wir uns jedoch einigen konnten, stellte sie ihr Glas ab und wollte wissen, wie meine Entjungferung »abgelaufen« sei.

Ich räusperte mich und bot ihr an nachzuschenken.

Sie lehnte sich vor, stützte die Fäuste unter ihr Kinn und behauptete, es sei mir peinlich.

Also erfand ich eine Entjungferung, hielt mich an das, was man schon tausendfach geschildert bekommen hat, und brachte sie zum Lachen, und Mari erzählte von ihrer und brachte mich zum Träumen. Warum ich mich damit begnügen musste, Pakete und Päckchen zu stapeln, begründete ich mit der weltweiten Finanzkrise und der sich daraus ergebenden Arbeitslosigkeit. Heftig nickend bekundete sie ihre Anteilnahme und schimpfte auf die USA und die Christdemokraten. Ihre Sympathie für Gregor Gysi war unverhohlen und vermutlich auf Meinungsinjektionen ihrer Mutter zurückzuführen. (Frau Dignich rutschte bei unseren knappen Wortwechseln gerne eine sozialistische Phrase heraus.) Angenehmerweise entfernte sich Mari bald wieder von Gysi, sah mich mit zusammengekniffenen Augen abschätzend an und fragte: »Bist du mit jemandem zusammen?«

Es fiel mir nicht leicht, aber ich schmunzelte, so gut es ging, lehnte mich möglichst selbstsicher zurück, als hätte ich viel zu verbergen, und fragte, ob sie denn einen Freund habe.

»Vielleicht.«

In diesen zwei Silben schwang ein derart provokanter und amüsierter Unterton mit, dass kein Zweifel bestand. Sie war mit niemandem zusammen oder – kein erheblicher Unterschied – war mit jemandem zusammen, der ihr nichts bedeutete, eine Alle-haben-einen-Freund-also-muss-ich-auch-einen-haben-Beziehung.

Worüber sprachen wir noch? Über vieles, und über kaum etwas von Bedeutung. Am Ende brachte ich sie zur Tür, vergewisserte mich, dass niemand im Treppenhaus war, und verabschiedete mich von ihr. Mari wisperte: »Danke für die Nachhilfe, Herr Lehrer«, und lief, ohne sich noch einmal umzudrehen, hinauf.

Ich sah auf meine Armbanduhr; drei Stunden waren vergangen. Mit einem Lächeln schnippte ich einen Fussel von meinem Pullover, nickte und betrachtete gedankenverloren und ein wenig stolz meine Füße; die rechte Socke hatte ein Loch. Über mir fiel eine Tür ins Schloss, und erst jetzt bemerkte ich, dass ich mich noch immer im Treppenhaus befand.

Wenn ich an den Tagen danach von der Arbeit im Zwischenlager heimkehrte, duschte ich, schrubbte mir den Rücken, verwendete trotz meines lichten Haares Shampoo und Spülung und Föhn, feilte mir Fuß- und Fingernägel, parfümierte nach, hüllte mich in eines der wenigen Hemden, die ich besaß, dazu Jeans, setzte mich vor den Fernseher, fuhr die Lautstärke herunter, um ein mögliches Klopfen nicht zu überhören, und wartete auf Mari.

Vier Tage vergingen. Schaschlik. Kartoffelsuppe. Gulasch. Eisbein. Und als Beilage immer das unbeugsam mütterliche Lächeln von Frau Dignich. Lag es womöglich an ihr? Verwehrte sie Mari ein Rendezvous? Drohte sie ihr mit Hausarrest? Erzählte sie ihr Schauergeschichten von Schwangerschaften durch Zungenküsse? Verständlich. Mari musste bewahrt werden, ich war ganz auf Frau Dignichs Seite – aber wusste sie das auch?

Am fünften Tag nach dem letzten Blick auf Maris schmale Taille lieferte mir Frau Dignich eine schwere Glasschüssel, bis zum Rand gefüllt mit verdächtig rosa schimmerndem Fleisch. Sie nannte das Schmorbraten. Es kam gelegentlich vor, dass sie sich beim Kochen zu sehr sputete. Ich wartete ab, bis ein ziegenbärtiger Mann sein Cello ins vierte Stockwerk gehievt hatte, dann lief ich ins Erdgeschoss, um den Schmorbraten zu entsorgen, und als ich die Tür zum Innenhof aufschob, erblickte ich Mari, die soeben ihr Fahrrad abstellte.

»Herr Lehrer!«, rief sie und kam schmunzelnd auf mich zu. »Hallo!« Ein samtener Gruß, der rasch und heiß ins Ohr floss.

Vergebens bemühte ich mich, den Schmorbraten hinter meinem Rücken zu verstecken.

»Selbst gemacht?«, fragte sie. Viel zu frech.

Ich seufzte. »Ja.«

»Ist das nicht Mamas Schüssel?«

Allmählich wurde der Schmorbraten wirklich schwer. »Hab sie mir ausgeliehen.«

»Lügner.«

Meine Hände schwitzten. Wie würde das aussehen, wenn mir die Glasschüssel zu Boden fiel und zerbrach? Mir blieb keine andere Wahl, als in die Hocke zu gehen und sie abzustellen.

»Schmeckt er dir nicht?«

Ich öffnete den Mund und schloss ihn wieder.

Mari sah zur Seite. »Der ist von mir.«

»Oh.«

Ich dachte: Also ließ sich nicht Frau Dignich beim Kochen bisweilen zu wenig Zeit.

»Entschuldigung.«

Und ich dachte: Liebe geht durch den Magen.

Mari nahm schulterzuckend die Glasschüssel und kippte ihren Inhalt in die Papiertonne.

»Ach, weißt du«, zwitscherte sie, »jeder hat seins. Mama kann gut kochen. Und ich«, mit den Fingerspitzen, vier eisigen Fingerspitzen, berührte sie meine Wange, »ich kann halt andere Dinge.«

Eine Viertelstunde später hatten wir uns – auf ihren Vorschlag hin – zwei Falafel besorgt, hingen in Klappstühlen auf meinem Balkon und tranken dazu Rosé aus einer Flasche mit Drehverschluss. Während Mari die Falafel in einem erstaunlichen Tempo verschlang, stocherte ich mit einer Gabel zwischen den Brothälften herum und konnte mich einfach nicht dazu durchringen, sie, möglichst beiläufig, zu fragen, was für Dinge das denn seien. (Abgesehen davon, dass ich mir inzwischen unsicher war, ob Mari der Kontext meiner Frage überhaupt noch klar wäre.)

So schwiegen wir beide, wobei ich mehrmals aufhorchte, da ich mir einbildete, jemand habe an meine Tür geklopft.

Nachdem Mari den letzten großen Happen verspeist und begonnen hatte, mit ihrem Haar zu spielen, was die unerfreuliche Erinnerung an Frau Dignich wachrief, ertappten wir uns gegenseitig bei der Behauptung, unsere Wangen seien bloß rot vom Wein. Maris Zähne blendeten mich wie das Blitzlicht eines Paparazzos, unterlegt mit ihrem Lachen, einem Klingeln. Kein Türläuten, kein Handypiepston, eher der zarte, vielversprechende Klang eines Glöckchens.

Als wir die zweite Flasche geleert hatten, schwärmte Mari, so müsse jeder Abend sein, *Falafel et Rosé*, was für ein Leben, und ich dachte mir, das sei kein Problem, meinetwegen nur zu gern, gleich morgen wieder, wir könnten unsere Treffen vor Frau Dignich geheim halten – wenn es ihrer Mutter nicht sogar zusagen würde, dass Mari mich besuchte, das

Haus also nicht mehr verließ, sondern sich nur beim netten Nachbarn aufhielt.

Jede andere Frau vermittelte das Gefühl, sie wüsste in vielerlei Hinsicht mehr über mich als ich selbst. Mari aber schien nur Gutes von mir zu wissen. Ich war ich, so wie es mir gefiel, und Mari sah dieses Ich, genau das Ich, das ich sehen und sie sehen lassen wollte.

Beim Abschied versicherte ich ihr, mit heiser gekicherter Stimme, das sei der großartigste Abend meines Lebens gewesen.

»Wäre ich mir mal nicht so sicher«, erwiderte sie, ein klein wenig lallend, und zog, ehe ich ihr recht geben konnte, die Tür hinter sich zu.

Ich wollte absperren, aber mich hielt so eine seltsame Ahnung zurück, dass sie in der Nacht zurückkommen und klopfen könnte, um von mir etwas zu verlangen, das ich mit Freuden bereit war zu geben.

Mit der Hand fuhr ich mir übers Gesicht und verwarf den absurden Gedanken, verriegelte die Tür und ging ins Schlafzimmer. Als ich das Fenster schließen wollte, entdeckte ich eine Gruppe Jugendlicher, die, unter einer defekten Straßenlaterne versammelt und mit Bierflaschen ausgestattet, über einen aus ihrer Mitte witzelten, der sich soeben erbrach. Sein Würgen hallte von den Häuserwänden wider, überlappte sich, schwappte in meine Wohnung. Das Fenstersims, auf das ich mich stützte, fühlte sich fest an, unnachgiebig; ich lehnte mich vor und rief: »Was macht ihr für einen Scheiß!«

Abrupt wandten sich die Jugendlichen um, entdeckten mich über ihren Köpfen und starrten zu mir herauf. Einen Moment lang kam es mir vor, als könnte ich mich mit ihren Augen sehen, über ihnen thronend. Ich blickte zu ihnen hinunter, krallte meine Hände am Blech fest und fragte mich, ob das Fenstersims nun doch nachgeben würde. Da machte der Kleinste von ihnen eine ruckartige Kopfbewegung und sie verschwanden in der nächsten Querstraße.

Trotz des schweren Kopfes am nächsten Tag trug mich eine erfrischende Welle der, wenn man das so sagen kann, Nachfreude durch die Arbeitsstunden und stärkte mich für das Herumschleppen von Carepaketen, die Mütter besonders gerne ihren in der Ferne studierenden Kindern schickten. Im Treppenhaus nahm ich eine Stufe nach der anderen, glitt mit der Hand das Geländer entlang und ertastete jeden Kratzer im Holz, atmete den Politurduft ein, lauschte dem zaghaften Stöhnen der Dielen, und dennoch, so viel Mühe ich mir auch gab, dies war und blieb ein bedrohlicher Ort.

Frau Dignich wartete vor meiner Wohnungstür auf mich. Mir fiel auf, dass sie nicht wie sonst auf dem Stuhl im Treppenhaus saß, der älteren Bewohnern zum Verschnaufen diente.

Als sie mich bemerkte, hielt sie die Arme verschränkt vor der Brust und leckte sich die Lippen. »Ich muss mit Ihnen sprechen. Unbedingt!«

Ich bat sie in meine Wohnung, worauf sie den Kopf schüttelte und sich die Haare raufte.

»Es ist dringend.«

»Ist etwas passiert?«, fragte ich.

»Wegen Mari.« Ihr Haar war ein einziger Wust. »Weil sie sich doch schon so gut kennen.«

Ich ahnte etwas. Worte zu meiner Verteidigung hielt ich parat. Man weiß nie, wer einem Böses will. Meine Taktik war simpel; ich würde die Dramatik herunterspielen, Extreme meiden, Details abstreiten und darauf hinweisen, dass nichts geschehen war. Kein Gericht der Welt verurteilte einen für Gespräche mit einer jungen, wenn auch wesentlich jüngeren Frau.

»Sie braucht einen Job. Die Lage in Leipzig kennen Sie ja. Und, um ehrlich zu sein, ich bin keine große Hilfe im Schreiben von Bewerbungen. Eine wird kaum ausreichen. Sie haben doch mal studiert. Könnten Sie nicht ...?«

Natürlich, ich konnte. Und wie ich konnte. Ich würde Mari anleiten, ihr geschliffene Formulierungen für die Bewerbungsschreiben diktieren, ihr Hinweise geben, wie viele geöffnete Knöpfe welcher Bluse beim Vorstellungsgespräch den idealen Effekt erzielten, ohne anstößig zu wirken, und nicht zuletzt ihr ausschließlich Nebenjobs empfehlen, die sich mit meiner Arbeitszeit deckten.

Einsichtig nickend ließ ich mich von Frau Dignich davon überzeugen, dass es keinen geeigneteren Ort gab, um gemeinsam Pläne (und vielleicht auch gemeinsame Pläne) zu schmieden, als ein italienisches Restaurant in der Körnerstraße, und versprach, Mari um acht Uhr abzuholen.

In meinen Gedanken eilte ich der Zeit voraus, dachte an Wein und Grappa, Mari nicht viel mehr als ich, jedoch soviel, dass die Wirkung bedeutend mehr entspräche, und danach ein gemeinsamer Heimweg, zuvorkommend die Tür aufhalten, vielleicht sogar eine Verbeugung andeuten, sie die Treppe hinaufjagen und vor den letzten Stufen packen und tragen, bis zur Tür, und dann wie selbstverständlich vorgeben, als wäre es das, tschüss, bis bald, ein Abschluss für diese Nacht, und letzten Endes, in den seltenen Sekunden, wenn das gedankenlose Leben vibriert und man sich sagt, jetzt oder nie, aber nur heute, ausnahmsweise, diesen raren

Augenblick erkennen und zugreifen und Maris Klingeln entfesseln, es läuten lassen, klar und hell, das reinste der Nacht, wie auch in jeder anderen, die folgt.

Ich klopfte dreimal, mit dem Zeigefinger wie zufällig die Tür touchierend, im Takt der ersten drei Sekunden nach Punkt acht. Das Treppenhaus in meinem Rücken erfüllte mich mit Unruhe. Doch diese verblasste, als Mari öffnete. An einem Lederriemen, der um ihren Hals hing, baumelte zu meiner Verwunderung eine Polaroidkamera; ein derart altmodisches Gerät harmonierte kaum mit ihren Kunstlederhandtaschen und klobigen Plastikringen. Zu fragen, weshalb sie die Kamera mitnahm, hielt ich für überflüssig. Leider spazierten wir vor dem Essen noch eine Weile entlang der nahe gelegenen Galopprennbahn, da sie darauf bestand, mich an den Ort zu führen, an dem sie ihren ersten Kuss erhalten hatte. Ich mochte mir den von Akne befallenen Jungen gar nicht vorstellen. Fast erwartete ich, dass sie mich zu einem Baum führte, in dessen Rinde ein inzwischen verwittertes Herz eingeritzt war. Stattdessen deutete sie mit dem Zeigefinger durch einen rostigen Maschendrahtzaun auf den Pferdestall. Ein Jockey hatte die Ehre gehabt. Seine Hosen hätten so eng gesessen wie eine zweite Haut.

»Ich dachte, ihr habt nur geknutscht.« Den Quengelton konnte ich bei aller Liebe nicht aus meiner Stimme filtern.

»Das geht manchmal so schnell«, meinte sie und stieg auf einen der Zaunpfähle. »Kannst du reiten?«

Meine einzige Erfahrung mit Pferden beschränkte sich auf das Kosten einer Pferdeknackwurst bei Feinkost Yüksel.

»Wie John Wayne«, sagte ich.

»Wer?«, fragte Mari, zückte ihre Polaroidkamera und begann damit, mich von ihrem Hochsitz aus zu fotografieren. Ich spielte mit, setzte ein Grinsen auf und wies sie nach einer Weile auf meinen knurrenden Magen hin.

Darauf sprang sie von dem Maschendrahtzaun herab und rief: »Hü!«

Wenige Meter vor dem italienischen Restaurant stoppte sie mich dann noch einmal, und als sie mir den Lederriemen der Polaroidkamera um den Hals legte, fiel mein Blick auf ihren weißen Nacken; ihr Haarflaum zitterte in meinem Atemzug.

»Mach welche von mir«, verlangte sie.

Es war nicht ohne Reiz, über Mari zu bestimmen; sie ließ sich von dem Objektiv lenken, folgte meinen Bewegungen scheinbar willenlos, tanzte im Fokus meines rechten Auges. Schwer lag die Kamera in meinen Händen, und ich fand, dieses Geräusch, jenes kratzige Klicken, wenn ich den Auslöser drückte (so widerstandslos wie kein mir bekannter Klingelknopf), entsprach genau dem Gefühl, ein Stück aus der Welt zu schneiden.

Nachdem der Film verknipst war, hängte sie sich den Apparat wieder um, wählte, nach einigem Zögern, eines der Bilder aus und steckte es mir in die Brusttasche. »Für dich.«

Im *Roma* wurden wir zu einem Tisch für zwei geführt, neben dem das Wasser in einer kitschigen Miniaturgrotte blubberte. Mari hatte kaum Platz genommen und die Speisekarte aufgeschlagen, schon bestellte sie Fischcarpaccio, Lammkottelets, Tartufo und eine Flasche Wein. Dennoch bat ich sie, an diesem Abend mein Gast zu sein, und wurde sogar mit einem Luftkuss belohnt.

Da Mari bisher mit keinem Wort den eigentlichen Zweck unseres Treffens erwähnt hatte, brachte auch ich ihre Jobsuche nicht zur Sprache, sondern erfreute mich daran, wie hingerissen die Kellner von Mari waren – selbst für stets begeisterungsfähige Italiener; ihr schenkte man gern und großzügig nach. Selbstbewusst erwiderte ich Blicke von Männern jeden Alters, die uns, mit und ohne weibliche Begleitung, beobachteten – teilnahmslos, solange sie mich sahen, aufflammend, sobald Mari im schwarzen Rock ihre Aufmerksamkeit erregte, und schließlich recht erstaunt, wenn sie noch einmal mich musterten. Kein Wunder, denn bei Mari konnte man unmöglich von *Kleidung* sprechen. Die korrekte Bezeichnung war *Enthüllung*. Wie sie jedes Fleckchen Haut in Szene setzte, den Kragen ihrer Bluse zurechtzog oder ihren Hals reckte. Eine vorteilhafte Ablenkung von ihren Tischmanieren, auf die Frau Dignich bei der Erziehung offensichtlich wenig Wert gelegt hatte; der Beilagensalat wurde mit dem Steakmesser klein geschnippelt, und ihr Kopf näherte sich dem Teller bei jedem Happen bis auf wenige Zentimeter.

Nach dem letzten Löffel Nudeln lehnte ich mich gesättigt zurück, schloss die Augen, atmete Maris Parfümduft und dachte mir: »Man kann auch ohne Erfolg glücklich sein.«

Da klopfte jemand auf Holz – Mari, die mit beiden Zeigefingern auf die Tischplatte trommelte.

»Mein Freund!«, gurrte sie, »aber total glücklich, mein Freund!« Und schob ihre Finger zwischen meine.

Hatte ich das laut gesagt?

»Meine Freundin«, erwiderte ich zufrieden und drückte ihre Hand. Sie rutschte näher heran und wandte den Kopf zur Seite, sodass es ein Leichtes gewesen wäre, ihre Wange zu küssen. Vorsichtig berührte ich ihre große, schön geschwungene Ohrmuschel mit dem Zeigefinger, worauf Mari zuckte, jedoch nicht wich, und ich ihr mit einem Kompliment nach dem anderen schmeichelte, in der Hoffnung, die

Wörter würden verschlungene Kanäle entlang gleiten, mikroskopisch winzige Explosionen an den sensibelsten Stellen in ihrem Gehirn auslösen und ihr Herz antreiben.

Mich wunderte, über welche Intimitäten sich im Flüsterton plaudern ließ.

Wie in Trance nahm Mari nach dem Dessert noch einen Schluck aus ihrem Weinglas, schnappte sich eine Serviette, und hinterließ, als sie sich den Mund abwischte, darauf einen rosa Strich, den letzten flüchtigen Hinweis auf ihren Glitzerlippenstift, mit dem sie bereits Gabeln, Löffel, Gläser markiert hatte. Ruckartig erhob sie sich, schwankte eine Sekunde lang, fand einen sicheren Stand und sprach langsam, aber immerhin ohne zu nuscheln: »Herr Lehrer …« – nachdenkliche Pause – »Zu dir oder zu mir?« Kichern.

Ich führte sie wie ein Gentleman. Ihre Polaroidkamera stieß bei jedem Schritt an meinen Beckenknochen; ich ließ mir nichts anmerken, vor allem nicht mein Herzklopfen, als sie meinen Arm um ihre Hüfte legte und wir gemeinsam den Bürgersteig entlangspazierten. An ihrer Seite fürchtete ich mich kaum vor den Gestalten, die uns entgegenkamen; wir gehörten dazu, wir waren Teil dieser Nacht, und die Leute mit der Angst hausten hinter den beleuchteten Fenstern über unseren Köpfen.

Meinen Schlüsselbund zückte ich aus Gewohnheit, schon bevor wir in unsere Straße einbogen. Im Hausflur strich Mari mit dem Unterarm über meine Hüfte. Behutsam lenkte ich sie die Treppe hinauf, einen Teil des Weges zog sie mich an meinem Hemd. Ich achtete genau darauf, was ihre Hände taten; sie waren schnell und wendig, umschwirrten mich, manchmal verlor ich sie fast aus den Augen. Als wir endlich mein Stockwerk erreichten, ein wenig erschöpft und beschwipst, kurz vor dem Ziel eines langen Abends, bewegte sich Mari unaufhaltsam auf die nächste Treppe zu, weiter hinauf und nuschelte: »Kommen Sie, Herr Lehrer?«

Ich hielt das für keine besonders gute Idee. Aber sie allein ziehen lassen? Ihr Blick, dieser erwartungsvolle Blick, zog mich hinter ihr her, Stufe für Stufe, und dieses eine Mal mochte ich jenes Treppenhaus aufgrund dessen, was es war: ein Weg zu ihr.

Um jedes unnötige Geräusch zu vermeiden, war ich ihr dabei behilflich, ihre Wohnungstür aufzuschließen. Albern lächelnd klopfte sie an den Türrahmen, warf sich gegen mich, ich stolperte ins Innere und sie folgte mir. Irgendwo im Dunkeln lauerte ein strenges Paar Mutteraugen. Ich spürte mein Herz pochen.

In Maris Zimmer erwartete mich eine Horde Kuscheltiere. Neongrüne Elefanten, lila Häschen und himmelblaue Bärchen rissen ihre Stoffmäuler auf. Wir ließen uns aufs Bett fallen. Dezent quietschend gab es nach. Maris Atem roch nach Grappa. Frau Dignich, schlief sie nebenan? Ich fragte nicht. Auf dem Matratzenwunderland schmiegten wir uns aneinander, kuschelten, und ehe einer von uns einen mutigen Vorstoß wagen konnte, eine erste eindeutige Berührung, glitt Mari in tiefen Schlummer und überließ mich der Gesellschaft ihrer Kuscheltiere. Ich spielte mit dem Gedanken, meine Hände aus den ihren zu lösen und sie auf Erkundungsreise zu schicken, aber Maris Griff war selbst im Schlaf fest, ich hätte sie geweckt, und vielleicht war das, was mich letzten Endes einschläferte, nicht bloß Müdigkeit, sondern auch die Gewissheit, dass ich für mein Tun nicht verantwortlich war, sobald ich schlief.

Mich weckte der Duft von frisch gebrühtem Kaffee, Rühreiern mit Schinken und selbst gebackenem Brot. Als Geschirr schepperte, öffnete ich die Augen. Ich sah Mari, noch in Schlaf versunken, ich sah mich neben ihr, und dann sah ich Frau Dignich, die soeben ein Frühstückstablett auf dem Nachttisch neben mir abstellte. Ich setzte mich auf, und Frau Dignich flüchtete, Entschuldigungen hervorstoßend, in die Küche. Eilig folgte ich ihr und rief, es gebe nichts, rein gar nichts, wofür sie sich entschuldigen müsse, stieß mich verschlafen von den Wänden ab, stellte Frau Dignich in der Küche und ließ mich auf einen Stuhl neben dem Herd fallen. Ein Haufen Wörter ballte sich in meinem Kopf und ich hatte Mühe sie zu sortieren.

»Entschuldigen Sie«, beteuerte ich. »Es ist nichts passiert. Wirklich nicht!«

Frau Dignich drehte sich zu mir um. Röte überzog ihre bäuerlichen Backen, sie lächelte gutmütig und ... und ihr Haar, von einem sauber gezogenen Seitenscheitel akkurat in zwei Hälften getrennt, mit einem halben Dutzend Spangen gebändigt und gepflegt glänzend, formte sich de facto zu einer Frisur.

»Mein Junge, mein Lieber! Das ist mir doch schnuppe. Mir tut nur leid, dass ich Sie geweckt habe. Sie sind ein richtig guter Kerl für meine Mari. Und was da hinter der Tür vor sich geht, will die olle Mutti doch gar nicht wissen.«

Rasch erhob ich mich, stützte mich am Herd ab. »Sie verstehen nicht. Wir haben ...«

»Pssst«, machte sie und drückte mir ihren Zeigefinger gegen die Lippen, der sonderbar nach Honigmilch roch. »Meine Mari ist 'ne Hübsche, nicht?«

»Ja«, sagte ich.

Prompt klatschte Frau Dignich in die Hände und trieb mich mit Piksern ihrer Wurstfinger in meine Rippen zurück an Maris Bett. »Ihr Kinder braucht euren Schlaf«, flüsterte sie und schenkte ihrer unerschütterlich schlafenden Tochter einen Blick stolzer, bedingungsloser Mutterliebe. »Eines meiner obersten Prinzipien.«

Darauf entfernte sie sich und überließ mich diesem Déjà-vu.

Hinter mir: eine geschlossene Tür.

Vor mir: Mari.

Irgendwo dazwischen: ich.

Vielleicht wäre es in diesem Moment das Beste gewesen, mich einfach wieder ins Bett zu legen und nicht weiter zu grübeln, aber wie der Kommissar einer seichten Krimiserie folgte ich einem leichten Unbehagen und schnüffelte in dem Zimmer herum; ich nahm einzelne Bücher heraus, schlug die erste Seite auf, stellte sie zurück, ignorierte die Filmplakate mit Johnny Depp als Piraten, erkannte keinen der Musiker auf den CDs wieder, zählte dreizehn unterschiedliche Stiefelpaare, roch an kopfüber aufgehängten, getrockneten Rosen, bis ich ein Fotoalbum in einem Metallkoffer unter dem Schreibtisch entdeckte. Der kartonierte Einband schimmerte veilchenblau. Auf der ersten Seite klebte mittig ein Polaroidfoto von einem hageren Mann mit Hautausschlag, schwarzen Blockbuchstaben zufolge ein gewisser Richard. Darunter hatte Mari in ihrer mädchenhaft runden Handschrift notiert, dass er nie auf seine tägliche Müsliportion verzichte, nur mäßig verdiene, aber immerhin durchtrainiert sei. Johannes, ein Wasserkopf in Bundeswehruniform auf der nächsten Seite, liebte es, wenn man ihm den Bauchnabel küsste, und schlief nachts nur mit Schlafanzug. Der glatzköpfige Xaver ein paar Seiten weiter schrieb ihren Namen nie richtig, pinkelte im

Sitzen, fürchtete Hunde und zahlte seinem Sohn Untermiete. Lars, dessen ebenförmiges Gesicht an das eines Models erinnerte, ließ sich beim Sex die Kehle zudrücken und züchtete Clownsfische. Seite um Seite folgten Severin, Gustav, Tilmann, Walter, etliche mit einer Polaroidkamera porträtierte Männer meines Alters, die allesamt jene zuversichtliche und gleichzeitig begierige Miene aufgesetzt hatten, auf die ich in letzter Zeit bei jedem Blick in den Spiegel gestoßen war. Weiter hinten im Album stieß ich auf den aktuellen Eintrag, ohne Namen oder illustrierendes Foto. Ich las, derjenige vertrage keinen Alkohol und renne oft »wie ein Idiot« durchs Treppenhaus; ich las, seine Augen würden »süß funkeln«, er habe jedoch »keinen blassen Schimmer von irgendwas«; und weil er sich für »was Besseres« halte, las ich, könne ihn keiner wirklich »ausstehen«.

Das Fotoalbum glitt aus meinen Händen. Nur ein Schubser war nötig, um Mari zu wecken, die nuschelte, sie wolle noch schlafen, bevor sie ihren Kopf wieder unter dem Kissen vergrub, das ich ihr wegnahm, um zu erklären, dass ich das Fotoalbum gefunden hätte.

Mit den Zeigefingern rieb sie sich die Augen. »Spinnst du? Das ist mein Zeug.« Sie nahm meine Hand, drückte sie an ihre warme Wange. »Komm her.«

Ich zog meine Hand weg, hob das Fotoalbum auf und zerriss eine der Seiten, das ging seltsam leicht, reichte mir aber nicht, und ich fuhr fort mit den nächsten, während Mari mich anschrie, und auch das genügte mir nicht, worauf ich sie schubste und mich auf sie warf und meine Hand auf ihren Mund presste und sie ihre Fingernägel in meinen Hals trieb und mit den Beinen strampelte, und wir einander an den Haaren packten und brüllten und spuckten, und ich die

Faust ballte und sie schlug, bis ein Blutstropfen, ein einziger, knallroter Blutstropfen, aus Maris Nase lief, und ich von ihr stieg, mein Jackett schnappte, ging.

Die aufgeschreckte Frau Dignich warf mir Fragen hinterher, ich erreichte den Flur und rannte, drei Stufen auf einmal nehmend, die Treppe hinunter, bemühte mich mit zitternden Händen, den Schlüssel ins Schloss zu stecken, Frau Dignich nahte, ich spürte schon ihre Hände auf meiner Schulter, ihr Haar in meinem Nacken, endlich sprang die Tür auf, ich flog, warf sie hinter mir zu und verriegelte sie.

In der restlichen Zeit in Leipzig vertilgte ich ausschließlich Tiefkühlspeisen, die ließen sich im Gefrierfach horten. Und ich ignorierte das ständige Klingeln. Die Anrufe. Die handgeschriebenen Botschaften. Die Beschimpfungen. Das Hämmern an meine Tür, das Donnern.

Mit dem Umzug habe ich nicht nur den Stadtteil gewechselt, ich wechselte die Stadt, und dennoch ertrage ich es nicht, wenn jemand an meine Tür klopft. Das einzige Erinnerungsstück an Mari, das ich besitze, habe ich neben dem größten Fenster der neuen Wohnung befestigt. Wenn ich abends davorstehe, vergleiche ich das Foto mit dem Leben auf den Chemnitzer Straßen. Was ich hinter der Glasscheibe sehe, wirkt bedrohlich, und was ich auf dem Foto sehe, erschreckend. Ich betrachte es täglich, um mir ins Gedächtnis zu rufen, wovor ich mich hüten muss. Es ist mein Steckbrief.

Den Pizzaboten, einen wortkargen Jugendlichen, lade ich manchmal ein, sich zu mir zu setzen, solange ich esse. Ich fordere ihn auf, mir zu erzählen, welche Erfahrungen er bisher mit Mädchen gemacht hat. Dafür bin ich großzügig mit dem Trinkgeld – das wird wahrscheinlich der Grund sein, warum er sich selten weigert, eine Weile zu bleiben. Jedes Mal nehme ich Maris Bild von der Wand, zeige es ihm und prüfe, wie er sie betrachtet. Verschmitzt sieht er mich dann an, und ich weiß nicht, was er seinen Arbeitskollegen, seinen Freunden oder seiner Familie über mich erzählt, aber ich kann mir kaum vorstellen, dass es etwas Gutes ist. Falls er mich überhaupt erwähnt. Ich denke, sobald ich ihn mal aus den Augen lasse, wird er sich das Bild einstecken, aber ich könnte ohnehin nie vergessen, was darauf zu sehen ist.

Mari posiert vor dem *Killiwillys*, einem Irish Pub in der Karl-Liebknecht-Straße, der Bürgersteig glänzt feucht, wie nach einem Regenguss, und ihr schwarzer Rock wirkt länger, als er tatsächlich war. Wie sie den Blick vom Betrachter abgewandt hat, als interessiere er sie nicht! Dieser erste, flüchtige Eindruck, die gelangweilte Miene ... das täuscht. Man muss genauer hinsehen. Ihre Augen sind auf das Seitenfenster eines parkenden Audis gerichtet, sie mustert ein Spiegelbild. Eine unscharfe Person mit einer Polaroidkamera, die mein Lieblingsjackett trägt. Mari fixiert den Mann. Er bemerkt das nicht. Sie beäugt – nahezu genüsslich – mich. Dieser Blick ist wie ein Pochen, als klopfe sie an meine Gedanken. Aber ich fürchte mich, ich möchte nicht wissen, was dahinter ist. Geduldig erkläre ich das dem Pizzaboten, ich erzähle ihm meine Geschichte, wieder und wieder, und komme letztendlich immer zu diesem Punkt. Gerne würde ich wissen, was er darüber denkt, nur weiß ich nicht, wie ich danach fragen soll, ohne ihn zu verunsichern. Ich kann ihn gut leiden. Er klingelt brav, wenn er mir eine *Diavolo* mit extra wenig Peperoni in den dritten Stock bringt. Und er hat noch kein einziges Mal geklopft.

Easy Seller

Den kunterbunten Grundriss unseres Hauses habe ich mit elf Jahren gemalt, nicht ganz maßstabsgetreu. Darauf ist jedes einzelne Möbelstück zu sehen, die Originalbesetzung. Ich betrachte die krummen Linien und mäandernden Striche. Der denkmalgeschützte vordere Teil soll älter als zweihundert Jahre sein. Früher hauste eine Bäuerin mit ihren Schweinen im selben Raum, in dem sich ein paar Generationen später die Garderobe befand. Nach Jahrzehnten der Misswirtschaft zogen die Nachkommen dieser Bäuerin nach Australien und überschrieben das Grundstück meinen Eltern, mit allen pinkfarbenen Türen, eigelb gekachelten Bädern und Maulwurfshügeln im Garten. Dort lebten wir zweiundzwanzig Jahre lang.

Ich stehe am oberen Ende des knallrot umrandeten Rechtecks auf dem Grundriss, mein altes Zimmer im zweiten Stock. In der verglasten Balkontür erscheint schemenhaft meine Silhouette. Draußen brennt die Sommersonne und wird von den Solarzellen auf dem Gästehaus so stark reflektiert, ich muss die Augen zusammenkneifen. Über mir stützen das schräge Dach Holzbalken, durch die sich Risse ziehen. Ideale Schlupfwinkel für Stechmücken und deren Nachwuchs, die nun angreifen und meinen Kopf umkreisen.

Wenn ich wie früher den Papa riefe, damit er – Kopf im Nacken, Blick zur Decke und mit Fliegenklatsche bewaffnet – auf Moskitojagd ginge, würde er kommen? An den Balken hing damals meine Sammlung Baseballmützen: *Go Dolphins!* (Miami), *Walt Disney World Resort* (Orlando), *FC Bayern* (das Geburtstagsgeschenk eines Freundes, der wusste, das ich mich nicht für Fußball interessierte) und noch etwa weitere drei Dutzend, die ich selten getragen habe; so aufgereiht machten sie in meinen Augen mehr her als an mir. Dasselbe galt für Armbanduhren, vor allem von Swatch, aus Prospekten der Business Class, die ich meinen Eltern auf drei Dutzend Flügen mit der Lauda Air über den großen Teich präsentiert hatte, mit der Zuversicht eines Kindes, das sich durchaus bewusst ist, wie überzeugend sein flehentlicher Blick sein kann. Sonnenlicht fällt durch die Dachfenster und macht den wirbelnden Staub im Zimmer sichtbar; es ist August, Hitze ballt sich unter dem Dach und Schwitzen scheint unvermeidlich. Aber ich sollte mich nicht beschweren, an kalten Winterabenden halten selbst drei auf die Höchststufe gestellte Heizkörper die Wärme nicht.

Beim Verlassen des Zimmers schließe ich die Tür hinter mir und gehe eine steile Treppe nach unten ins erste Stockwerk.

Am Fuß der Treppe öffne ich die mit Milchglasfenstern eingefasste Tür gegenüber und betrete die Tenne. Der Teppichboden dort leuchtet himmelblau. Was für eine Schrubberei, wenn wir bei Fernsehabenden ein Glas Rotwein umstießen. Wochenlang wies meine Mutter darauf hin, in vorwurfsvollem Ton, und wir tranken nur über ein Tablett gebeugt, bis irgendjemand, nicht selten sie selbst, wieder ein Glas umstieß. So ein Teppich verlangte das einfach, wie geschaffen war er, um sich darauf am ersten Weihnachtsfeiertag zwischen Klavier und Christbaum zu fläzen, viel zu dicht vor dem Fernseher – alle Aufmerksamkeit dem Videospiel! Was nicht heißt, dass ich dabei unbehelligt blieb. Meine kleine Schwester wollte stets mitmischen. Sobald unsere Eltern appellierend meinen Namen sprachen, gab ich ihr ein Controllpad für den NES, auf dem sie herumdrücken konnte. Steckte es aber nicht ein. *Mach ich gut?*, wollte sie wissen. *Machst du sehr gut*, sagte ich ihr. Ein paar Jahre später – die Zeit des Super NES – hatte sie bereits ein Alter erreicht, in dem sie nicht nur wusste, ob ihr Controller eingesteckt, sondern auch, wie ich zu besiegen war. Mit dem N64 erreichte unsere Konkurrenz den Zenit, es war ein harter Kampf um den ersten Platz, und unterstützende Maßnahmen – Schubsen, Brüllen, Sicht verstellen – waren dringend vonnöten, um mir den Sieg zu garantieren. Doch spätestens nach Erscheinen des Game Cubes, als es wiederholt vorkam, dass ich eine halbe Stunde lang als Aragorn Orks spaltete und meine kleine Schwester in dieser Zeit Schulter an Schulter als Zuschauerin neben mir saß, ohne ins Spielgeschehen eingreifen zu wollen, stellten wir fest: In all den Jahren ging es nie darum, ob wir mit-, gegen- oder nebeneinander zockten; es ging darum, sich dank ein paar Runden Action RPG sehr viel näher zu sein als sonst.

Ich gehe zurück in den Flur und langsam vorbei an der Treppe. Das Holz knarzt, jedes Ächzen kenne ich, jahrelang habe ich mich bemüht, es zu vermeiden, wenn ich nachts durchs Haus geschlichen war, vorbei am Zimmer meiner Schwester, vorbei an den Schlafzimmern meiner Eltern. (Ich kann mich nicht daran erinnern, dass sie sich jemals eins geteilt hätten.) Damals huschte ich nach oben, zuckte etwas zusammen, sobald die Bretter ächzten, hielt meine Freundin an der Hand, achtete auf die Stufe im ersten Stock und wandte mich an der richtigen Stelle nach rechts, dort, wo ich in diesem Moment stehe, stolperte dann die Treppe nach oben, rein in mein Zimmer, hin zum französischen Bett.

Ich berühre mit den Fingerspitzen den Rauputz an den Wänden, die viel zu nackt sind. Das ließe sich schnell ändern: Mein Vater bohrt, ich fange den Dreck mit dem Staubsauger und im Nu streiten Farbdrucke der Dalìs, Picassos und Lichtensteins in wertvollen Rahmen um die Aufmerksamkeit des Betrachters.

Ist es möglich, sich an jeden der Wege zu erinnern, die ich hier gegangen bin, rauf und runter, rüber und zurück? Ist es möglich, sich nicht daran zu erinnern, wie ich im Sommer 1991 in meinem Zimmer Playmobil spielte – Indianer gegen Cowboys, ich immer der Revolverheld, der die gefiederten Rothäute über den Haufen schießt – und nach draußen gerufen wurde, wo Paddy lag?

Ein Old Irish Sheepdog, grau und weiß und zottelig, mit einer schwarzen Zunge und lieben Augen, selten zu sehen hinter dem plüschigen Fellvorhang. Am liebsten fuhr ich ihr mit meinem Dreirad über die Pfoten, immer wieder, mit einem dreckigen, kindlichen Lachen, und ihr Jaulen löste eine unbeschreibliche Freude in mir aus. Geritten hatte ich sie, und geschminkt, mit Mutters Lippenstift von Cartier – *aber, Mama, den hat sie immer wieder abgeleckt, ich glaub, die wollte gar nicht schön sein, Mama!*

Paddy schlief in diesem Sommer auf dem Granittisch im Garten ein. Den Tierarzt bemerkte ich gar nicht, nur die Tränen meiner Mutter, als sie sich in das Hundefell wühlte, trotz ihrer Allergie. *Was ich tun werde, ist nicht erlaubt*, sagte mir mein Vater wenig später, *also sag es nicht wei-*

ter. Mithilfe der Schubkarre fuhr er Paddy in den Garten, dann wartete er, bis es dunkel wurde. Hitchcock hätte applaudiert: Umgeben von dichten Nebelschwaden schaufelte ein Mann ein Loch im Garten, legte einen leblosen, in einen Teppich gewickelten Körper hinein und begrub ihn. Durchs Fenster beobachtete ich meinen Vater bei der Arbeit, bis der Nebel ihn schluckte – dachte ich jedenfalls lange Zeit. Glaubt man allerdings meinen Eltern, regnete es in der Nacht von Paddys Beerdigung, kein Nebel weit und breit, und ich schlief während des gesamten Vorgangs zweihundert Kilometer entfernt im Pfadfinderlager. Möglich, dass ich mir meine Erinnerung selbst gezeichnet habe, wie den Grundriss meines Hauses: zwar stimmig im Großen und Ganzen, im Detail aber schief und fern der Realität. Vielleicht stand mir meine Mutter viel öfter als mein Vater gegen die Moskitos bei, vielleicht rede ich mir nur ein, dass meine Schwester mir beim Videospielen nah war, vielleicht lebten früher Katzen und nicht Schweine mit der Bäuerin im selben Zimmer. Manches ließe sich überprüfen, über vieles könnte man mutmaßen, das meiste würde ungewiss bleiben. Am Ende käme ich doch wieder auf meine selbst gemachte Erinnerung zurück.

Als Nächstes mache ich einen Abstecher in mein altes Bad, das sich auf halbem Weg zur zweiten Treppe befindet. Auf den Wandfliesen ein Muster aus blauen Blumen, deren Blätterpaar abwechselnd nach oben und unten deutet. Über dem Waschbecken ein Spiegel, in dem sich die wenigsten sehen können – mein Vater hatte ihn meinen Einsfünfundneunzig angepasst. Die Heizstangen, über denen immer frisch gewaschene Handtücher hingen, sind natürlich kalt. Sämtliche Haken, an denen einmal Bademäntel baumelten, wurden herausgezogen und die Löcher sorgfältig verputzt. Auch das neongelbe Schild BATTLESTATION MILLENIUM FALCON über der Toilette fehlt. Ebenso der Rasierer, der sich oft mit fiesen Stromstößen gegen seinen Gebrauch wehrte. Und die vielen kleinen Plastikfläschchen – Shampoos, Bodylotions, Moisturizer – auf der Duschablage; Verweise auf Hotels, von denen ich nur den Namen behalten habe, Sheraton, Hilton, Holiday Inn, Hyatt, nicht aber, wann ich dort war, und in welchem Zusammenhang. Und trotzdem hat sich das Bad im Vergleich zum Rest des Hauses kaum verändert. Waschbecken, Ventilator, Spiegel, Toilette, Duschkabine: alles da. Jeden Moment könnte meine Mutter die Tür aufreißen, erschrecken, sobald sie mich bemerkt, und sich gleich darauf, sich tausendmal entschuldigend, zurückziehen. Ich hebe die Tür leicht an – nur so lässt sich der Schlüssel im Schloss drehen – und ziehe mich aus.

Wenig später verlasse ich frisch geduscht das Bad, wende mich nach links, achte auf die eine Stufe, über die Gäste häufig stolpern, und greife nach dem Geländer. Es führt mich zur Treppe. Welche Schreiduelle hier stattfanden! Zwischen meiner Mutter und mir, zwischen meinem Vater und meiner Mutter, seltener zwischen meinem Vater und mir, zwischen meiner Schwester und meiner Mutter, kaum einmal zwischen meiner Schwester und mir. Die vielen Tränen und das Gebrüll, man sieht es dem Haus nicht an. Ja doch, hier und da eine Kerbe, abgeblätterte Farbe, heruntergefallener Putz, etwas, das man zerkratzt oder verschüttet hat, aber keine Spur von diesen Stimmen. Nichts lässt darauf schließen, dass meine Mutter mir während der Schulzeit jeden Tag einen dampfenden Teller auf die oberste Treppenstufe stellte, den ich mir holte, um in meinem Zimmer die Spaghetti oder das

Schnitzel zu vertilgen, bei laufendem Fernseher. Am oberen Ende der Treppe könnte höchstens ein Hund feststellen, dass sich hier jahrelang die Zwischenstation für Schmutzwäsche befand. Und wenn man die Treppe nach unten geht, wirkt der Querbalken, an dem ich mich so manches Mal festhielt und über die letzten Stufen hangelte, so unscheinbar, als habe sich noch nie jemand daran den Kopf gestoßen. Jedes Flüstern, jeder der Rufe, die heiteren wie die zornigen, jeder leise Schluchzer, sie sind unsichtbar geblieben, ich könnte nachsehen, mich bücken, Bretter und Balken untersuchen, ich würde nichts finden. Das ist der schlimmste Gedanke: Ich werde mich nicht an alles erinnern. Am liebsten hätte ich eine Box, einen Container, in den ich all das hineinstecken könnte, was mir irgendwie wertvoll erscheint, um dann jederzeit etwas daraus hervorholen zu können, ob einen schlechten Tag oder einen guten, Gefühle und Momente, die nicht in mein Gedächtnis eingraviert sind. Denn auf unserem Grundstück werden andere Leute leben, das genügt schon, sie werden dort herumlaufen, schlafen, essen, Kinder großziehen und mit jedem Atemzug unsere Vergangenheit aus dem Haus vertreiben und es mit ihrer eigenen füllen. Selbst wenn sie danach suchen wollten, sie sind blind für unser Früher, dafür braucht man unsere Augen. Sie sehen nur eine Konstruktion aus Holz, Stein, Ziegel und Beton, sie wissen nicht einmal, dass in diversen Mauern noch Knochen und Heu stecken aus längst vergangener Zeit, in der jedes Material Baumaterial war, sie sehen ein freundliches Bauernhaus, mitten in der Ortschaft, nicht gerade licht, aber gemütlich und alt. Rustikal. Sie sehen eine qualitativ hochwertige Verarbeitung, stabile Bauweise, großflächigen Lebensraum für bis zu drei Familien. (Das Gästehaus im Garten mit eingerechnet.) Sie sehen weder die Räume hinter den Zimmern noch die Geschichten, aus denen sie gebaut sind. Sie sehen nur flüchtige Spuren meiner Eltern, meiner Schwester und mir, kaum etwas, ja wohl eher nichts von dem, was für zweiundzwanzig Jahre Leben steht.

Ich folge der Treppe nach unten und gebe acht, nicht das gerahmte Foto von Segendorf aus der Vogelperspektive vom Haken zu reißen. Ist mir schon oft passiert. Aber dort, wo es hängen sollte, steht nur ein Nagel aus der Wand. Früher hätte man dort eine Anhäufung von Bauernhäusern betrachten können, sauber getrennt durch eine hellgraue Linie, die B 11, die auch am Moorgebiet entlanglief und vorbei am Segelflugplatz, an den so manches Mal nach Jauche stinkenden Wiesen und dem Maibaum, den Hochspannungsmasten und der Kirche mit Zwiebelturm. Und meine Mutter wäre herbeigeeilt, um einen zu drängen, nach den drei Häusern auf einem schmalen, länglichen Grundstück im alten Ortskern nahe der Bäckerei Reindl zu suchen, zwischen Töpferei und Misthaufen.

Der Fliesenboden im Erdgeschoss ist kühl. Den Heizungsraum gleich rechts betrete ich nach kurzem Zögern. Eigentlich habe ich ihn immer nur von außen gesehen. Tür auf, Dreckwäsche reinschmeißen, Tür zu. Den Rest erledigte meine Mutter. Als Kind verstand ich nichts davon, wie man Wäsche sauber bekommt, später, im Teenageralter, war ich zu faul, und in letzter Zeit redete ich mir ein, es käme meiner Mutter äußerst gelegen, ihrem Sohn diesen Dienst zu erweisen, immerhin sei das ihre Form der Zuneigung. Wo einmal Waschmaschine und Trockner standen, klafft die Leere – hier sollten haufenweise Jogginghosen und Pullover und Jeans herumliegen, schmutzig oder rein, vollkommen egal, hier müssten Leinen von einer Ecke zur anderen gespannt sein, daran mit Wäscheklammern befestigte, nach Weichspüler duftende Handtücher, T-Shirts, Socken. Das ist ein Zimmer, in dem man sich überwältigt fühlen muss von der chaotischen Wäschemenge aus vier Kleiderschränken, der Boden darf nicht kahl wirken, die aus den Wänden hervorstehenden Plastikrohre nicht wie Rüssel, die jede Spur von Lebendigkeit aufgesaugt haben.

Ich mache kehrt, lasse die Tür hinter mir offen stehen, umrunde die Treppe und erreiche die Küche. Ohne den monströsen Kühlschrank verdient sie ihren Namen überhaupt nicht. Umzugsstaub überzieht die polierte Granitablagefläche, auf der früher einmal geschnippelt, gerührt, gewürzt wurde, und verleiht ihr so eine Art Unschärfe. Ich nehme auf dem frei stehenden Elektroherd Platz. Über mir die Abzugshaube. *Piep!* macht es, um mich darauf hinzuweisen, dass etwas auf dem Cerankochfeld liegt. Im Schrank unter der Spüle, versteckt im hintersten Eck, blitzen dort nicht leer getrunkene Fläschchen Prosecco auf? Meine Mutter weist jeden Vorwurf von sich und bittet mich, den Herd nicht zu verkratzen. *Piep!* Da ich mich keinen Zentimeter rühre, stellt sie die Spülmaschine an. Das soll ein Gefühl der Geschäftigkeit, der Tatkraft vermitteln, das meine Mutter wie kein anderer meisterhaft um sich herum erwecken kann, mit geräuschvoller Unterstützung der Waschmaschine, des Staubsaugers, Herdes und Fernsehers. *Piep!* Nun greift sie nach einem der Kochbücher von Tim Mälzer in dem Metallregal und fischt ein Lesezeichen, nein, einen der persönlichen Briefe heraus, die mein Vater, meine Schwester oder ich an sie gerichtet haben, oft zu ihrem Geburtstag. Zwischen dem Panieren einer Dorade und dem Schälen einer Zucchini liest sie ihn, mit mehligen Fingern, das penetrante Brutzeln der Pfanne ignorierend. *Piep!*

Matt erleuchtet die Gartenlampe von draußen das sich anschließende Wohnzimmer. Auf dem grünen Sofa neben der tragenden Säule nahmen an jedem sechsten Januar vier Kinder aus dem Ort Platz (drei davon verkleidet als Weisen aus dem Morgenland, einer als Stern) und hielten ihre geröteten Nasen über eine Tasse heißer Schokolade, spendiert von meiner Mutter, die sich als Gegenleistung Tratsch und Klatsch aus dem Dorf erhoffte. Auf demselben Sofa machte sich auch gern der feixende Freund meines Vaters mit den Schweinsäuglein breit, der uns später um Schwarzgeld betrog. Sie alle kamen durch die Terrassentür herein, seit 1993 die Wand zum Garten durchgebrochen worden war. Davor erreichte man die Stube nur über die Küche hinter mir.

Ich schaue nach rechts und sehe dort meine Eltern am Esstisch sitzen, gemeinsam mit Architekten, Schreinern, Elektrikern diskutieren sie über Baupläne. Einer tippt mit dem Zeigefinger auf die mit Bleistift gezeichnete Fassade und der Balkon auf der Nordseite bricht in sich zusammen. Ein anderer zieht mit der Handkante eine unsichtbare Linie – Asbest quillt aus der Decke über mir. Mein Vater legt seine Hand auf das Papier und durch die Rasenfläche im Garten bricht ein Gästehaus, mit Schornstein und Solardach.

Trotz alldem haben unsere Nachfolger, die Käufer, keinen angemessenen Preis gezahlt. Die Summe entsprach nicht dem Verkehrswert, sie entsprach überhaupt keinem Wert, vor allem nicht dem, den wir unserem Bauernhaus – das ist es noch immer für uns – beimessen. Denn es war, wie die Makler sagen, kein Easy Seller. Mitten in der Ortschaft, umringt von Nachbarn, die in unseren Garten linsen können, direkt an der Hauptstraße, mit Kopfsteinpflaster. O-Ton des Käufers bei der Besichtigung: *Das macht ja 'nen Höllenlärm – und 's ist noch nich mal Wochenende!*

Ich muss raus. Schnell öffne ich die Schiebetür zum Garten. Draußen ist die Luft frisch, es riecht nach feuchtem Gras; jeden Samstag mäht mein Vater den Rasen. Ein paar Schritte mache ich durch den Garten und bleibe da stehen, wo die Steinquader im Erdboden von Moos überwuchert werden. Ich drehe mich um.

Von innen das Haus zu durchschreiten, ist nicht so schlimm, wie es von außen zu betrachten. Seine Innereien sind fortgespült, die Möbelpacker haben ihre Arbeit getan, es gibt nur noch Wände, ein paar Sitzgelegenheiten, den Kachelofen, das Katzenzimmer ohne Katze, den Kamin.

Aber die Hülle bleibt. Sooft wir auch den Versuch unternommen haben, nie ist es uns gelungen, diese besondere Schale auf Celluloid zu bannen. Weder die verwackelten Aufnahmen meiner damals vierjährigen Schwester noch die in größter Hast geknipsten meiner Mutter, nicht einmal die verspielten meines Vaters, mal neutral für den Wohnungsmarkt, mal bedrohlich von unten, mal 1988, mal 2001, keine Aufnahme zeigt unser Haus, wie es wirklich war. Das schneebeladene Dach im Winter, die in einem Herbststurm verbogene und von meiner Mutter in einer halsbrecherischen Aktion wieder gerichtete Fernsehantenne, der im Frühling in allen Grüntönen leuchtende Efeu, die von den Fenstern reflektierte Sonne im Hochsommer – das kann nur sehen, wer es so betrachtet hat, wie ich in diesem Moment. Und wie immer, wenn ich dies tue, sieht es verblüffend neu aus.

Sich hinstellen, in angemessener Entfernung, den Kopf heben und die Augen keinesfalls zu früh öffnen. Sich Zeit lassen. Unser Haus sieht groß aus, viel zu groß für eine schrumpfende Familie – Mutter, Vater, Tochter, Sohn, minus Sohn (Studium), minus Tochter (Ausbildung).

Dass die Käufer auf einem Wintergarten bestehen, können wir nicht verstehen. Der passt nicht zu diesem Grundstück, das wissen wir, das sieht man doch; sobald der Glaskasten aber erst einmal dort steht, werden wir erkennen, dass es nicht mehr unser Grundstück ist. Nur ein Haus und ein Gästehaus und ein Gartenhaus, eine junge, jedes Jahr kränkelnde Kastanie, ein frisch gemähter Rasen, ein steinernes Vogelbecken und eine Trauerweide, unter der ein Hund begraben liegt und die sich, soweit ich weiß, noch immer jeden Frühling in kräftigen Schüben zum Nachbargrundstück hin streckt, saftige Blätter, geringelt und grob zwischen Daumen und Zeigefinger. Einiges von unserer Zeit steckt in diesem Baum. Ein abgeknickter Ast von dem Herbstabend, an dem ich beim Kraxeln gestürzt und zu meinen Eltern geeilt war, um ihnen fasziniert zu demonstrieren, wie mein linker (gebrochener) Arm von meiner Schulter baumelte. Eine Kerbe im Baumstamm von der Stunde, in der meine Mutter ein Grillmesser nach meinem Vater warf. Eine amerikanische Frisbeescheibe, die wir nie aus der Baumkrone geholt haben. Und noch vieles (Unsichtbares) mehr: Durch die Wärme des unterirdischen Pools geschmolzener Schnee, der aufgesogen wurde von den Wurzeln des Baums, zwischen die ich jeden Sommer die Heringe beim Aufbauen meines Zeltes rammte, in dem ich nie geschlafen habe, zu schwarz und still war die Nacht im Dorf; darunter fand ich einmal ein platt gedrücktes vierblättriges Kleeblatt, im selben Alter, in dem ich im kniehohen Gras auf eine Biene stieg, worauf mir meine Mutter kühlschrankkaltes Rinderfilet auf die Stelle mit dem

Stich drückte, während sie mir, um mich abzulenken, von einem Igel erzählte, den sie in unserem Garten in der Nähe der Keramikgans gesichtet hatte und der beim Fressen genauso geschmatzt habe wie ich nach der Geburt, als ich an ihrer Brust saugte, vor heute mehr als zweiundzwanzig Jahren.

So alt ist unser Haus: zweiundzwanzig. Und so alt wird es immer sein. Vielleicht brauchen wir das Haus gar nicht als Ort für unsere Erinnerungen, vielleicht brauchen wir nur unsere Erinnerungen als Ort für unser Haus. Dort kann es keinesfalls altern, es stirbt auch nicht; solange es uns gibt, ist niemand imstande, es zu verkaufen oder zu vermieten, umzubauen oder abzureißen. Es bleibt einfach da. Wir wissen, wo.

Der Grundriss, den ich mit elf Jahren gemalt habe, hängt neben der Eingangstür in meiner Stadtwohnung, in der ich inzwischen lebe. Oft vergehen Wochen, ohne dass er mir auffällt. Manchmal jedoch, an einem Tag wie heute, bleibe ich davor stehen und stelle mir vor, wie sich winzige Strichmännchen durch die Fantasieräume bewegen. Meine Mutter kommt aus der Garage, mein Vater verlässt das Arbeitszimmer und setzt sich zu meiner Schwester, sie spielt Klavier.

Und ich bin in meinem Zimmer im zweiten Stock, ich beginne dort.

Ich gehe durch unser Haus.

Unter Deck

Sie wollte ihn nicht anfassen, nicht berühren. Runzelige Falten, selten gewordene Sommersprossen, vereinzelt graue Härchen, Altersflecken, bleifarbene Haut – selbst die bestechend weiße Bettdecke einer Vier-Sterne-Luxuskabine konnte nicht über das hinwegtäuschen, was sie verbarg.

Vergangene Nacht war Friedas Schlaf sonderbar tief gewesen. Und traumlos. Sonnenstrahlen hatten sie geweckt; es war ihr schwergefallen loszulassen, die Ruhe und Dunkelheit abzuschütteln, mit nackten Füßen auf den kalten Boden zu treten. Ohne auf Oskar zu achten, war sie ins Bad gegangen, um zu duschen; ein nicht zu unterschätzendes Unterfangen in Anbetracht der engen Verhältnisse auf einem Schiff – wie das wohl die anderen Passagiere jenseits der Sechzig meisterten? Danach hatte sie sich eingecremt, ihrem hellgrau gefärbten Haar mit geschicktem Einsatz des Föhns und Haarspray Fülle verliehen, so viel Schminke aufgetragen, dass es nicht beim ersten Hinsehen auffiel, aber ihre olivgrünen Augen sowie die noch recht glatten Wangen hervorhob, und sich nach kurzem Hadern für Beige entschieden: Rock, Baumwolljacke, Absatzschuhe. Weiße Bluse.

Nun stand sie vor Oskars Bett. Sie hatten Wert darauf gelegt, eine Kabine mit getrennten Betten zu buchen. Das verhinderte zumindest nächtliche Kämpfe um die Decken, leider aber nicht die Geräusche. Wenn Oskar wie im Fieberwahn stöhnte, war das ein sicheres Zeichen dafür, dass ihn ein Traum plagte; hatte er diesen endlich überstanden, zelebrierte er das, indem er grunzend den Schleim in der Nase hochzog – seine neueste Marotte.

Eben holte sie Luft, um ihm einen Guten Morgen zu wünschen, da entdeckte sie den Speichelfleck auf dem Kopfkissen; er war kleiner als sonst.

Sie sagte: »Dein Mund.«

Dieser war von Geburt an auf der linken Seite nach unten geneigt und verlieh ihm das eigentümlichste Lächeln, das sie kannte. Dieses Lächeln hatte sie Anfang der Siebziger davon überzeugt, ihn auf einer Fahrradtour durch die Fränkische Schweiz zu begleiten, von der sie als Paar zurückgekehrt waren. Doch ein besonderes Lächeln sah sie mittlerweile nur noch selten, wenn sie ihren Mann anblickte; sie sah einen Geburtsfehler, der dafür verantwortlich war, dass sie alle zwei Tage die Überzüge seiner Kopfkissen wechseln musste, weil sie ähnlich stanken wie sein Atem.

»Dein Mund«, wollte sie wiederholen, als ihr die Bettdecke auffiel. Sie war gewölbt, bewegte sich aber nicht; Oskar lag auf der Seite, die Beine angezogen, die Hände unter dem Kopf vergraben. Frieda fixierte eine der weißen Falten. Sie war starr, wie alles andere im Zimmer (wenn man von *starr* auf einem Schiff sprechen konnte). Langsam beugte sich Frieda vor, nahm einen Zipfel zwischen Daumen und Zeigefinger; der kühle Stoff fühlte sich an wie eine dünne Membran, die jederzeit reißen könnte, wäre sie nicht vorsichtig genug.

Es klopfte.

»Housekeeping!«, rief eine Frau mit mexikanischem Akzent. »Hello? Sleep?«

Frieda ließ den Zipfel los.

»Nein ... besetzt!«

Einfach frühstücken zu gehen, jetzt, war unmöglich; nicht, solange sie keine Gewissheit hatte. Eigentlich war es doch gar nicht schwer; die Bettdecke anheben und den Puls fühlen, eine Stelle berühren, die sie, vor langer Zeit, innig geküsst hatte. Ganz vernarrt war sie früher in Oskars Hals gewesen, die glatte, straff gespannte Haut, wenn er rasiert war, der bittere Geruch des Aftershaves, die bläulichen Adern, die Wölbung des Kehlkopfs, die sie mit Lippen und Zunge erforscht hatte. Doch inzwischen – Frieda wusste nicht, wann genau das passiert war – hatte sich dieses verlockende Stück Haut in einen zerknautschten Lappen verwandelt. Sie wollte ihn nicht anfassen. Obwohl zu ihren täglichen Aufgaben vieles zählte, das ihr zuwider war, Essensreste aus dem Abfluss kratzen, Fensterscheiben putzen, den Herd scheuern. Das hier aber war etwas anderes. Das war Oskar. Ihr Mann.

Frieda verschränkte die Hände ineinander, spürte ihr Herz in den Fingerspitzen pochen. Sie kramte im Nachtkästchen, fand das Pillendöschen, zählte nach. Die auberginefarbene Tablette fehlte; er hatte sie also genommen. Noch einmal blickte sie auf die Bettdecke. Die Falte bewegte sich, bewegte sich nicht, zitterte, zitterte nicht. War es ihr Atem, die aufbereitete Luft der Klimaanlage, ihr unsicherer Stand, das Schiff? Sollte sie nicht einen Arzt rufen?

Frieda wendete sich vom Bett ab, fuhr die Klimaanlage hoch und zog die Vorhänge zu. Bevor sie die Kabine verließ, schrieb sie ihm eine Nachricht: *Bin frühstücken. Lass dir Zeit.* Und weil ihr das nicht reichte, fügte sie noch hinzu:

Hoffe, du hast gut geschlafen. Ein tröstender Gedanke, dass er diese Zeilen lesen könnte – dass er sie lesen würde!

Sie hängte das rote *Please do not disturb*-Schild an die Türklinke und schlüpfte in den Flur.

Frieda nahm den Umweg. Am Tag davor – ihrem ersten auf der Queen Elizabeth II – hatte sie festgestellt, dass unter den Passagieren nur ausgesprochen wenige zu finden waren, die, insbesondere zu Stoßzeiten (also wenn man essen ging), freiwillig auf den Aufzug verzichteten, um an den gewünschten Ort im Schiff zu gelangen. Da wurden auf engstem Raum höfliche Worte zornig gegrummelt, Ellbogen ausgefahren, polierte Schuhe getreten. Verrutschte Toupets, Tränensäcke, einschneidende Oberteile, Kugelbäuche, wohin man auch blickte. Solidarisch fühlte man sich einzig im kollektiven Starren auf die Etagenanzeige.

Im Treppenhaus hingegen begegnete man nur äußerst selten jemandem. Auf dem Geländer konnte Frieda auch an diesem Tag kaum Fingerabdrücke sehen. Hier lullte einen keine träge geklimperte Pianomelodie ein, ehe man überhaupt richtig wach war. Und zudem kam ihr ein kleiner Spaziergang sehr gelegen.

Denn – eine weitere Feststellung – die meiste Zeit an Bord saß oder hockte oder lag und speiste oder dinierte oder naschte man. Schiffsreisen wie diese waren dem Anschein nach vor allem für bewegungsmüde und äußerst hungrige Teile der Gesellschaft konzipiert.

Zwei Stockwerke weiter oben wandte sie sich nach links. An den Wänden des holzgetäfelten Korridors, den sie nun betrat, hingen im Abstand von wenigen Metern beidseitig ovale Spiegel. Aus den Augenwinkeln sah sich Frieda einen parallelen Korridor entlangeilen, und noch einen dahinter, und einen weiteren dahinter, und ... warum eilte sie?

Halt.

Augen zu.

Tief durchatmen.

Und dann mit Fassung weiter.

Bald stieß sie auf die kreisrunde Lobby und damit ebenfalls auf Gruppen von Aufzugfahrern. Durch eine Glaskuppel fiel Tageslicht auf einen Strauß wildbunter Blumen, von denen Frieda keine mit Namen kannte. Dahinter wartete die Pforte zum Frühstückssaal.

Nachdem sie dem Kellner am Empfang ihren Namen mitgeteilt hatte, bat er Frieda, ihm zu folgen. Nach wenigen Schritten blieb sie stehen. Am Buffet drängte sich ein geschwätziger Haufen Passagiere. Man war gebräunt; das stellte nicht zuletzt das dominierende Weiß der Haare und Schuhe, Hosen, Hemden und Blusen heraus; viele hatten ihren Pullover um die Schulter gelegt, die Ärmel vor der Brust verknotet. Freundliche Mienen wurden spazieren getragen und Unterhaltungslücken – mit Hüsteln hinter vorgehaltener Hand – überbrückt. So manche Frau zupfte mit Daumen und Zeigefinger an der Perlenkette, die um ihren Hals baumelte, während der eine oder andere Mann wiederholt seinen Hemdsärmel mit einem Schütteln nach hinten rutschen ließ, damit seine goldene Uhr aufblitzte (und er die Zeit ablesen konnte). Die aus Eis gehauene, zwei Meter hohe Meerjungfrau schien niemanden zu beeindrucken; Wasser tropfte von ihrem Kinn und ihren Brustwarzen herab. Frieda wunderte sich über den harten Gesichtsausdruck, bis ihr auffiel, dass den Augen der Meerjungfrau die Iris fehlte. Auch die kunstvoll aufgetürmten Früchteberge zu beiden Seiten ihrer Flosse würdigte kaum jemand eines Blickes. Man aß. Gabeln spießten zusammengerollte Schinkenscheiben und Speckstreifen auf; Messer zertrennten Käsewürfel, Pasteten und Würstchen; Löffel schaufelten Rührei und höhlten Kiwis aus. Klirren, Räuspern, Stühlerücken und Glucksen unterlegten die Konversationen und drohten, sie zu ersticken.

»Madam?«, fragte der Kellner Frieda. »May I help you with anything?«

Ein »Sorry«, ein Nicken, ein Schritt rückwärts. Frieda drückte sich vorbei an der Warteschlange am Eingang. Die ihr folgenden Blicke konnte sie hören: ein abruptes Verebben der Gespräche.

Gleich gegenüber dem Frühstückssaal lockte das Casino. Dort fühlte sich Frieda wohler. Keine Fenster und gedämpftes Licht, hierhin konnte man sich zurückziehen. Die Räumlichkeiten unterschieden sich kaum von denen anderer Casinos und hielten die Illusion aufrecht, man befände sich nicht unbedingt auf der Queen Elizabeth II, sondern an einem beliebigen Ort, vorausgesetzt natürlich, es gab dort ein Casino. Nur wenige Passagiere spielten um acht Uhr morgens; der zerlaufenen Schminke, den Augenringen, gelösten Krawatten, zerrauften Haaren und leeren Gläsern nach zu urteilen, hatten die meisten das Casino die Nacht über nicht verlassen. Frieda nahm vor einem einarmigen Banditen Platz und fütterte ihn mit Quartern. Eine der Münzen wollte er nicht schlucken. Die Stelle, an der sonst IN GOD WE TRUST stand, war verdeckt durch eine lilafarbene Kruste. Mit dem Fingernagel versuchte Frieda, sie abzukratzen, aber sie klebte fest am Metall. Verärgert warf sie den Quarter hinter sich;

es dauerte keine Minute, bis sich ein Mann in einem Frack, der sein Haar über die Glatze gekämmt hatte, nach ihm bückte und ihn in seiner Hosentasche verschwinden ließ.

Frieda spielte; sie spielte ihr Spiel, wie sie es bereits am Vortag getan hatte. Erst seit achtundvierzig Stunden befand sie sich auf dem Schiff, und schon deuteten sich Gewohnheiten an – war das positiv? Um sich abzulenken, bestellte sie sich einen ihr fremden Drink von der Cocktailkarte. Die Wahl fiel auf einen *Gin Fizz*, den sie, da er für ihren Geschmack zu bitter war, gleich mit einer *Piña Colada* runterspülte. Diese bunten Drinks waren wie geschaffen für das Casino. Manche hatten die Farbe des zinnoberroten Teppichs, andere die der golden glänzenden Aufzugtüren, und wieder andere hätte man auf den rasengrünen Spieltischen verschütten können, ohne einen Fleck zu hinterlassen. Nach einer Weile rutschte sie auf dem Hocker nach rechts, drehte den Oberkörper nach links, und zog den Hebel des Automaten umständlich mit dem linken Arm, da sich ihr rechter vom vielen Ziehen verkrampfte. Einmal verlor sie das Gleichgewicht und konnte sich gerade noch rechtzeitig auf dem Nachbarhocker abstützen. Die Symbole beschleunigten, flackerten vor Friedas Augen; sie konnte ihren Blick nicht mehr abwenden, erkannte keine Formen, keine Farben, sah nur noch ein gestaltloses, sich wandelndes Etwas, das sie zu begreifen versuchte, aber nicht erkannte. Aus dem Knäuel pellte sich schließlich ein neues Symbol: ein verschwommener, nussbrauner Fleck. Das Muttermal, unterhalb von Oskars Haaransatz, seitlich am Hals, im Schatten seines Ohrs; Frieda hatte es oft geküsst und betrachtet. Als junge Frau hatte sie sich vorgestellt, dass es die Stelle war, an der sie miteinander verbunden waren, vieles konnte sich in ihrem Leben noch verändern, das Muttermal würde immer gleich bleiben, immer an seinem Platz. Nun aber, angekommen in einer ganz anderen Epoche ihrer Ehe, wusste sie nicht einmal, wann sie es zuletzt gesehen hatte. Frieda griff nach dem Hebel des Automaten, um ihn anzuhalten. Bevor sie ihn jedoch zu fassen bekam – er war in erstaunliche Ferne gerückt –, kippte sie zur Seite und fiel. Schmerz ballte sich in ihren Knien. Als sie sich an dem Hebel hochzog, heulte eine Sirene auf. Rotes Leuchten über ihr, der Automat spuckte einen Schwall silbern blinkender Münzen aus, füllte das Fach, bis es überlief, und die Münzen rollten, wie von ihrer Pflicht entbunden, in alle Richtungen davon. Spieler und Nicht-Spieler eilten herbei, verhaltener Applaus schwappte heran. Frieda senkte den Blick. Das Geld interessierte sie nicht, bedient euch ruhig, dachte sie, gönnt euch mal einen *Gin Fizz*, aber lasst mich bloß in Frieden.

Als sie sich durch die Masse der Schaulustigen wühlte, entdeckte sie an der Bar Oskar. Er trug ein neues Jackett. Zwar konnte sie sein Gesicht nicht erkennen, doch die steife Körperhaltung verriet ihn. Angeregt unterhielt er sich mit der Barkeeperin, einem Mädchen, dessen Blazer so straff saß wie eine Militäruniform.

Im selben Moment, als Frieda ihn ansprechen wollte, gab er einen Schuss Milch in seinen Kaffee und nippte an der Tasse. Der Ehering an seiner Hand funkelte.

Frieda blieb stehen.

Wer auch immer dort hockte, der Allergiker Oskar konnte keinen Tropfen Milch trinken, ohne dass ihm Lippen und Zunge dick anschwollen.

Und sein Ehering passte schon seit Jahren nicht mehr über die speckigen Finger.

Ding!

Die Türen des Aufzugs, der direkt ins Casino fuhr, schoben sich auf. Entfernung: keine zwanzig Meter. Frieda wartete kurz. Niemand stieg aus, niemand ein. Dann lief sie los, wich einem hüfthohen Aschenbecher aus, spürte, wie sich ihre Absätze in den Teppichboden drückten, bremste zu spät ab, sodass sie gegen die spiegelverglasten Wände prallte, hieb mit dem Handballen mehrmals auf den erstbesten Knopf.

In aller Seelenruhe schlossen sich die Türen.

Sie war allein. Den Rücken an die Wand gedrückt, streckte sie die Beine durch.

Ding!

Die Türen glitten auf.

Eine kehlige Männerstimme rief: »Excuse me …?« Rasch suchte Frieda das TÜR ZU-Symbol und presste es mit ihrem Daumen, bis sich die Türen erneut schlossen und ein entrüstetes »He!« abschnitten. Frieda sah sich um. Noch nie zuvor war ihr aufgefallen, was für ein hässlicher Ort ein Aufzug im Grunde war, auch ohne Menschen. Alles viel zu gerade hier. Nicht ein schiefer Winkel, keine Spur von einem Riss. Ein perfekter Kasten. Pure Konstruktion. Oskar liebte so was.

Mithilfe der Spiegel richtete sie ihr Haar, entfernte Krümel ihrer Wimperntusche auf dem unteren Lid, benetzte die Finger und strich ihre Augenbrauen glatt. Sie klopfte Staub von ihrem Rock, zog Bluse und Baumwolljacke gerade, räusperte sich.

So gut wie neu.

Als sich die Türen wieder öffneten, stieg sie aus.

Das Sportstudio. Eine Gruppe Frauen in Friedas Alter stand breitbeinig und in Viererreihen gestaffelt vor einem Mädchen Anfang zwanzig mit Pferdeschwanz und ließ Medizinbälle um ihre Hüften kreisen. Lautsprecher konnte Frieda nirgends sehen, aber eine junge Frau trällerte enthusiastisch: *O Baby, baby*. Mit gebellten Befehlen à la »Prima!« und »Weiter so!« trieb das Mädchen seine Kundschaft zu mehr Tempo an. Davon zeigte sich diese kaum beeindruckt. Hin und wieder plumpste ein Medizinball zu Boden, worauf alle aus dem Takt gerieten. Allerdings blieb der versammelten Mannschaft offensichtlich genügend Luft, um in regelmäßigen Abständen in heiteres Gelächter zu verfallen.

»Wenn mein Sohn mich jetzt sehen könnte!«, rief eine, deren blaugraues Haar von einem weißen Stirnband zusammengehalten wurde wie ein welker Strauß Blumen.

»Schätzchen«, antwortete ihre Nachbarin, deren Arme zu kurz und deren Leib zu umfangreich waren, weshalb sie den Medizinball vor ihrer Brust von einer Hand in die andere fallen ließ, »ich bin mir sicher, wir wären nicht diejenigen, die er unter die Lupe nehmen würde.« Und damit nickte sie in Richtung der Trainerin, deren eng anliegende Leggins und bauchfreies Top der Fantasie wenig Raum ließen. Über allem hing diese doch recht eigenwillige Duftmischung einer kompletten Parfumdrogerie.

Frieda spürte das Bedürfnis, sich zu den Frauen zu gesellen. Wo steckten deren Männer? Sie griff nach einem der Medizinbälle, die in einem Metallkorb auf Rädern lagen. Es konnten unmöglich alle Witwen sein, oder? Der Medizinball war überraschend schwer, er rutschte ihr aus den Händen, prallte auf die Kante des Metallkorbes und hopste nur einmal träge, ehe er gemächlich, als hätte er alle Zeit der Welt, in eine dunkle Ecke zwischen zwei Laufbändern rollte. Einige der Frauen drehten sich zu Frieda um, die sich sofort in den hinteren Teil des Sportstudios zurückzog und dort auf ein Spinningrad stieg. Rote Zahlen leuchteten auf dem Armaturenbrett vor ihr auf. Sie zog ihre Schuhe aus. Raffte ihren Rock. Fuhr los. Der Widerstand war niedrig eingestellt, Frieda strampelte, als rollte sie bergab. In ihren Beinen, das fiel ihr erst jetzt auf, hatte sich ein Druck aufgebaut, der rausmusste. Sie schloss die Augen. Wich einem herab hängenden Ast aus. Trat in die Pedale. Eine Wolkendecke mit Gelbstich drückte von oben; es war nur eine Frage der Zeit bis zum ersten Donnern. Weiter vorne auf der Straße war Oskar. Er zählte zu den Leuten, die immer vorausradelten. Wies sie ihn darauf hin, hieß es: »Wer von uns kennt den Weg?« Und damit hatte er leider recht; es war nicht nur ihre erste Unternehmung mit Oskar, es hatte sie auch noch nie zuvor in die fränkische Schweiz verschlagen. Viele Autos kamen ihnen entgegen; niemand überholte sie, keiner fuhr in ihre Richtung. Der Regen setzte mit plötzlicher Wucht ein, Tropfen schlugen in Friedas Gesicht. Wieso hielt Oskar nicht? Er machte ihr Handzeichen, ihm zu folgen, bog in eine schlecht befestigte Landstraße ein. Aus den Schlaglöchern sprang das Wasser, als würde es kochen. An einer Bushaltestelle in einem Waldabschnitt hielten sie und flüchteten unter das Dach des Wartehäuschens. Eine Spur von Aschegeruch hatte sich hier eingenistet. *MICHISCHWULI* war in den tragenden Balken eingeritzt. Ihre Kleidung war durchnässt, aber man hatte ja an alles gedacht. Oskar stellte sich mit dem Gesicht zur Wand, während Frieda sich umzog. Sie hielt das für überflüssig, immerhin war sie ein paar Stunden zuvor in Unterwäsche, weißer Unterwäsche, in einen Moorsee gesprungen, während er am Ufer gedöst hatte. Als er jetzt in den Taschen nach trockener Kleidung suchte, beobachtete sie ihn dabei.

Immer wieder rannen Wassertropfen aus seinen Haaren über sein Gesicht, Wangen und Stirn glänzten. Der Regen hatte etwas an ihm verändert. Sie hätte nicht genau sagen können, was, aber es gefiel ihr. Oskar bemerkte, wie sie ihn musterte, und lächelte.

»Alles in Ordnung?«

Drei Schritte machte sie auf ihn zu, und das dauerte länger als erwartet, genügend Zeit für ihn, um ihr noch auszuweichen, um den uneben geteerten Boden des Wartehäuschens unter ihren Sohlen zu spüren, um fast zu stolpern, um die eigenen Arme zu verdammen, die so überflüssig herumschlackerten, um schätzungsweise fünfzig Mal zu blinzeln, um einen Niesreiz in letzter Sekunde zu unterdrücken, bevor endlich endlich endlich ihre Lippen auf seine trafen.

Frieda sprang von dem Spinningrad herunter. In den wandhohen Spiegeln erschien eine in die Jahre gekommene Frau, die sich auf ihre zitternden Knie stützte. Barfuß und mit rasselndem Atem verließ sie das Sportstudio. Als die Glastüren hinter ihr zufielen, spuckte sie aus.

So weit unten im Schiff war der Flur schmal und lang und schwang von einer Seite zur anderen, ein Wurm, der sich für keine Richtung entscheiden konnte. Sich mit ausgestreckten Armen an den Wänden abstützend, tastete sie sich langsam in Richtung ihres Zieles vor: der Aufzug zum Oberdeck. Es war, als hätte sie mit den Absatzschuhen ihren Gleichgewichtssinn verloren. Ein Türknauf stieß ihr in die Rippen. Die Deckenlichter setzten für den Bruchteil einer Sekunde aus. Oder ihr waren kurz die Augen zugefallen. Da gab eine der Kabinentüren nach, gegen die sie das Schaukeln des Schiffs warf, und sie stolperte in ein Zimmer, fiel, federte den Sturz mit beiden Händen ab. Der königsblaue Teppich an ihrer Wange fühlte sich seidig an. Oskar hätte ihn niemals barfuß betreten. (Die Mär vom Fußpilz in Hotelzimmern.) Aus dem Inneren des Schiffs drang ein metallisches Rattern und Dröhnen. Was war das hier – die sechste, siebte Klasse? Wie konnte man da je Schlaf finden? Und wieso zum Teufel schlossen diese Leute ihre Türen nicht ab?

Frieda stellte sich den Maschinenraum vor, rostige Ketten, ölverschmierte Zahnräder, stampfende Zylinder, die ewig rotierten. Dort unten. Stickig und dunkel, die Luft voll Schweiß und Benzin, über einem die Meeresoberfläche wie ein zweiter Himmel, nur Schiffswände schützen vor Tonnen von Wasser, während man in den Etagen darüber Fleisch aus Hummerbeinchen pult und Cognac schlürft und es als sein gutes Recht betrachtet, keinen Gedanken an eine Frau wie Frieda zu verschwenden, deren Schädel pochte und deren Hände gleichzeitig brannten und juckten, und deren linke Wade mit einem Krampf drohte.

Als sie wieder auf die Beine gekommen war, war sie selbst erstaunt, wie gut sie den Sturz weggesteckt hatte.

Auf einer Anrichte lag ein geöffneter Koffer, darin größtenteils fein säuberlich zusammengelegte, vermutlich gebügelte Boxershorts, auch ein Badebeutel, und senffarbene Einstecktücher, von denen Frieda eines nahm und sich damit den Schweiß von der Stirn wischte. Der samtene Stoff war angenehm kühl. Dann suchte sie das Bad auf. Den Spiegel über dem Waschbecken ignorierte sie. Es gab viele öffentliche Toiletten auf dem Schiff, an jeder Treppe, in jedem Lokal, doch Frieda zog diese private vor; irgendwie gefiel ihr der Gedanke, ertappt zu werden und sich rechtfertigen zu müssen, was sie hier zu suchen habe. Möglicherweise würde das Aufeinandertreffen in einen scherzhaften Kommentar münden, sympathisches Lachen, eine Einladung zum Dinner, immerhin schien dieser Passagier allein zu reisen. In über dreißig Jahren Ehe war Frieda kein einziges Mal fremdgegangen. An Möglichkeiten hatte es ihr nie gemangelt, aber an Mut. Reizvoll: Sie, in zerknittertem Abendkleid, nach nächtlicher Abwesenheit mit am Hinterkopf zerzaustem Haar und leichtfüßig in ihre Kabine zurückkehrend, genüsslich lächelnd, den Geschmack eines fremden Aftershaves noch auf der Zunge. Und Oskar? Er, entrüstet mit dem Zeigefinger auf ihre geheimnisvollen Grübchen deutend.

Sie drückte die Spülung. Das Wasser rauschte durch die Kloschüssel. Die Zuversicht verließ Frieda – und sie gleich darauf die Kabine.

Mit dem Aufzug fuhr sie zum Oberdeck und ließ sich dort in einen Korbsessel fallen. Ihre Lippen waren trocken und rissig und schmeckten nach Salz; Wind brauste in ihren Ohren und kitzelte angenehm zwischen ihren Zehen; das Meer sah glatt und weich aus, so schlaff, dass sie hineingreifen wollte, es aufwühlen und bewegen. Sie verscheuchte ein Besatzungsmitglied, das ihr eine Auswahl von sieben verschiedenen Kaffeesorten und Sahnetorte anbot. Obwohl das Meer zu allen Seiten gleich aussah, glaubte Frieda zu wissen, wo sie sich befanden. Wie konnte etwas so Großes so klein sein? In Southampton, zu Beginn ihrer Kreuzfahrt, war die QE 2 noch das Größte gewesen, was Frieda je gesehen hatte. Ein Schiff größer als die Titanic. Oskar hatte stolz aus dem Prospekt der White-Star-Flotte zitiert: dreihundert Meter lang, dreißig Meter breit, zehn Meter Tiefgang; tausend Besatzungsmitglieder und bis zu tausendachthundert Passagiere.

Aber die QE 2 bot nicht viel Platz. Aufs Meer starrend, stellte Frieda sich vor, wie es wäre, das Schiff von weit oben zu sehen: ein einsamer, heller Punkt im Blau, und sogar das aufschäumende Fahrwasser, das aus nächster Nähe so stürmisch wirkte, würde bloß einem zügig verblassenden Kratzer auf einer makellosen Oberfläche gleichen.

Es begann zu nieseln. Leichter, lauwarmer Regen. Einen Moment lang glaubte Frieda, dass sie ihn in der Luft festhalten und am Fallen hindern könnte. Ihr Gesicht fühlte sich an, als weinte sie.

»Ich mag den Regen«, hatte Oskar zu Beginn ihrer Reise gesagt. »Wenn es regnet, sehen die Leute nicht, dass mir Wasser aus dem Mund läuft. Es ist einfach nur Regen.«

Frieda schlenderte zum Heck des Schiffs, vorbei am Swimmingpool, und beobachtete, wie das Wasser von der Schiffsschraube umgewälzt wurde. Barfuß fühlten sich die nassen Planken wirklicher an. Ein aufmerksames Besatzungsmitglied legte ihr eine Decke um die Schultern; Frieda bedankte sich mit einem Dollar. Obwohl der Regen nicht unangenehm war, hielt sich kaum jemand draußen auf. Gelbe Warnschilder wurden aufgestellt: *CAUTION! Slippery when wet.* Weit über ihr: das Grollen eines Flugzeugs, verborgen hinter Wolken. Am Horizont glaubte Frieda etwas zu erkennen. Kein Schiff, keine Küste, sondern etwas anderes. Etwas, das sie noch nie gesehen hatte; von dem sie nicht wusste, wie es aussah, von dem sie nur wusste, dass es ihr gefallen würde. Sie beugte sich über die Reling. Das Wasser war nicht weit. Frieda ließ die Decke zu Boden fallen, zog ihre Baumwolljacke aus, streifte sich den Rock von der Hüfte. Das Meer wirkte freundlich, auch erregt, erwartungsvoll. Einladend. Es würde warm sein, so angenehm warm wie ein Körper, an den man sich gerne schmiegt, und Frieda könnte sich darin verkriechen. Sie ließ ihre Sachen am Boden liegen und drehte sich noch einmal um zum Schiff. Dann schloss sie die Augen, ballte die Hände zu Fäusten und rannte los. Nach sieben großen Schritten stieß sie sich ab und flog durch die Luft. Dabei kam ihr der Gedanke, dass das Meer alles schlucken könne. Eine schöne Vorstellung. Das ist nur Meer. Nur Wasser. Nur feucht und nass und sonst nichts.

Und doch alles.

Frieda versank mit den Füßen zuerst. Sie öffnete die Augen unter Wasser, es brannte, sie umgab ein blauer Strudel aus Luftblasen, große wie kleine. Oben schimmerte die Wasseroberfläche. Sie schlug mit Armen und Beinen, tauchte auf und schnappte nach Luft. Sie schmeckte Chlor, aber über den Rand des Pools hinweg konnte sie das Meer sehen; ein merkwürdiges Gefühl: im Wasser Wasser zu sehen, davon sogar umgeben, mittendrin, und doch nicht darin zu sein. Ihre Unterwäsche machte sie schwer, wollte sie nach unten ziehen – sie ließ sich nicht beirren und tauchte so tief wie möglich durch den Pool, dicht über dem Boden, wo der Druck auf den Ohren am stärksten war, und fühlte sich größer als sonst, größer im kleinsten Meer der Welt auf dem Heck der QE 2.

Erst als sie die Leiter erreichte und aus dem Wasser stieg, bemerkte sie eine Handvoll Passagiere, die sich inzwischen auf dem Oberdeck versammelt hatten, darunter mindestens zwei Besatzungsmitglieder. Niemand sprach ein Wort. Dicht standen sie beieinander und musterten Frieda, als fürchteten sie sich vor ihr. Sie benötigte keinen Spiegel, um zu sehen, dass die Schminke in die Krähenfüße und senkrechten Falten in ihrem Gesicht gelaufen war und beide mehr denn je hervorhob, dass ihr graues Haar trostlos an ihrem Schädel klebte, dass sich ihr kleiner Bauch über ihren Liebestöter, wie Oskar diese plumpen Unterhosen stets genannt hatte, wölbte, dass ihre Haut durch das kalte Wasser und den Fahrtwind von entzündet roten Flecken übersät war.

»Was ist?«, fragte sie. »Was wollt ihr?«

Unterschwelliges Gemurmel.

Frieda hob ihre Decke auf und wickelte sie um sich. Sofort spürte sie etwas Wärme in ihren Körper zurückkehren. Rock und Baumwolljacke ließ sie liegen, trat auf das stumme Publikum zu und wunderte sich selbst ein wenig, als sich dieses teilte und ihr den Weg zur Tür frei machte.

»Warten Sie«, ein breitschultriger Bursche in einem gelben Poncho, Besatzungsmitglied oder Passagier ließ sich schwer sagen, hob eine Hand, wie ein Kind im Schulunterricht, »wo wollen Sie denn hin?«

Frieda zuckte mit den Achseln.

»Zu meinem Mann.«

Die Hand war das Erste, was ihr auffiel, als sie die Kabine betrat. Sie hätte geschworen, dass die Hand am Morgen noch nicht da gewesen war, aber nachdem sie die bleichen Finger sah, die schlaff von der Bettkante herabhingen, so weiß wie der Überzug, wusste sie nicht mehr, was sie gesehen hatte und was nicht. Im Bad spritzte sie sich Wasser ins Gesicht; es kam ihr vor, als weinte sie nicht, es war nur kühles Wasser, das sie aus dem Waschbecken schöpfte.

»Oskar?«, flüsterte sie, als sie sich ihm näherte, »Oskar? Bist du wach?« Sie schlug die Bettdecke zurück, strich sein Haar zur Seite und suchte nach der Stelle, die sie verband. Zuerst befürchtete sie, das Muttermal wäre im Laufe der

Jahre verblasst oder so dunkel geworden, dass sie es nicht wiedererkennen würde, aber als sie es sah, strich sie mit dem Daumen darüber, fühlte die kaum spürbare Unregelmäßigkeit der Haut, mehr die Andeutung eines Gefühls als das Gefühl selbst, und war erleichtert. Frieda schälte sich aus ihrer nassen Kleidung, legte sich neben Oskar, zog die Decke über sie beide.

Sie umarmte ihn, drückte ihn fest, und sprach – nachdem sie ihm, mit gesenkter Stimme, erzählt hatte, dass man gleich nach der Ankunft in New York eine Stretchlimousine mieten und sich von einem Fahrer mit blitzblank geputzter Chauffeursmütze, der vermutlich farbig wäre und ein bezauberndes Lachen besäße, durch ganz Manhattan kutschieren lassen könne, über die 5th Avenue, am Central Park entlang, vorbei am Rockefeller Center, Passanten durch getönte Scheiben beobachten und Yellow Cabs zählen, bis zum Vordereingang des Empire State Buildings, dort nach oben mit dem Aufzug, hoch in den sechsundachtzigsten Stock, wo sie beide, die Gesichter dicht nebeneinander an die Schutzgitter gedrückt, einen so fremdartigen, beängstigend schönen Ausblick über die vom Sonnenuntergang in Gold getauchte Stadt bestaunen, genießen, erleben würden – kein Wort mehr.

Mondfuge

Der Sessel war dunkel und massig. Mit sieben Jahren galt ich für ein Mädchen zwar als auffallend groß, trotzdem reichte mein Scheitel nur gerade so über seine Armlehne. Der aufgeraute Bezug mit dem Muster aus blaugrünen Fantasieblumen glich dem Fell eines räudigen Katers, und seine Kopfstütze war geschwungen wie ein höhnisches Grinsen. Als meine Eltern in die Frankfurter Wohnung zogen, hievten Vater und zwei Möbelträger ihn in den dritten Stock, sie ächzten bereits im Erdgeschoss, ihr beißender Schweißgeruch stieg das Treppenhaus hinauf, und mit jeder Stufe verlangsamte sich ihr Tempo, als mache sich der Sessel absichtlich schwer für sie. Auf den letzten Stufen verlor einer der Helfer das Gleichgewicht, und der Sessel drohte zu fallen. Schnell breitete Vater seine Arme aus und hielt ihn lange genug in der Luft, damit die Möbelträger erneut zupacken und ihn in Sicherheit bringen konnten.

Von da an war der Sessel aus unserem Leben nicht mehr wegzudenken, und bald wurde er zu Mutters Lieblingsplatz im Wohnzimmer. Ein paar Wochen später, im Herbst 1985, war der Gedanke, jemand anderes als sie könne darin sitzen, bereits unvorstellbar.

Wenn ich heute, mehr als zwanzig Jahre später, das Fenster öffne, den makellos weißen Mond am Himmel betrachte und mit den Augen seine Oberfläche absuche, wie ich es schon als Mädchen getan habe, wird mir jedes Mal bewusst, dass ich von der Zeit vor 1985 nichts weiß; mit dem Sessel beginnt meine Erinnerung und sie beginnt mit Mutter in ihm, ihr stämmiger, aufgedunsener Körper schwappte zwischen den Sessellehnen hin und her wie eine zähe Masse, bei jeder Bewegung geriet ihr ganzer Leib in Wallung, der Sessel knarrte, die Federn unter der Sitzfläche gaben störrisch quietschend nach. Am liebsten trug sie ein eigelbes Kleid, aus dem ihre Gliedmaßen bleich, plump und nackt herausragten und auf dessen Vorderseite winzige, eingetrocknete Flecken wie ein Tagebuch der Küche an unsere letzten Mahlzeiten erinnerten: Blutwurst, Reibekuchen, Frikadellen, Eisbein. Damals war ich noch zu jung, als dass mir diese Fülle, dieses Wulstige, Fette aufgefallen wäre, ich nahm an, es sei eben gut so, wenn man sich durch die weiche Haut wühlen und die Wärme des ausladenden Körpers genießen konnte, das vermittelte mir Schutz und Geborgenheit. Litt Mutter an Migräne, und das kam nicht selten vor, dann verließ sie den Sessel – außer, um auf die Toilette zu schlurfen – tagelang nicht, nistete sich in ihm ein, als wäre er eine Art Kokon. Sie schluckte drei Aspirin auf einmal, massierte sich die Schläfen und trug mir auf, Kaffee zu kochen. Bis heute habe ich nie welchen getrunken und werde es wohl auch nie tun; dieser Geruch, meiner Meinung nach der eines Gemisches aus welkem, moderndem Laub, Salz und brennenden Holzscheiten, setzte sich in meinen Klamotten fest und hielt sich, auch nach einer langen, heißen Dusche, hartnäckig in meinem Haar. Jeden Morgen bereitete ich ihr eine Tasse zu, ließ den Kaffee, wie sie mir aufgetragen hatte, vier Minuten lang abkühlen und brachte ihn ihr auf einem Tablett mit einem Schuss Milch, zwei Löffeln Zucker und zehn Butterkeksen zum Tunken. Falls sie noch im Sessel schlief, musste ich vorsichtig zu ihr hinschleichen und, da Mutter es liebte, von dem Duft des Kaffees geweckt zu werden, das Tablett möglichst lautlos neben dem Sessel auf dem Abstelltischchen platzieren; darauf fand man außerdem noch eine Lampe, Bierflaschen, auf deren Etikett in goldenen Lettern *Frankfurter Braun* stand, rosa und weiße Tabletten, wild durcheinandergeworfen als wären es Süßigkeiten, ihre Lesebrille, die Fernbedienung, zwischen deren Tasten Essensreste klebten, zerfledderte Frauenzeitschriften und ein Exemplar aus ihrer Sammlung von Karl-May-Büchern, in denen ich sie nie lesen gesehen habe. Danach kümmerte ich mich um den Haushalt; ich lüftete die Schlafzimmer, stellte die Waschmaschine an, spülte ab, ging mit Vater einkaufen, säuberte einmal die Woche das Bad. Und wenn Vater nicht zu Hause war, schickte mich Mutter statt ihm nach unten zum Kiosk. Der Mann am Stand war ein Bekannter und wusste, für wen ich das Bier kaufte; zur Belohnung durfte ich so viel fernsehen, wie ich wollte, geschmiegt an Mutter in ihrem Sessel. Und ich weiß noch, als wir so eines Tages eine Sendung sahen, in der Frauen in bunten Kleidern beim Tanz wie Kreisel durch die Luft wirbelten, sagte ich zu ihr: »So eins will ich auch.« Nur Hosen, Hemden und Pullover besaß ich; stellte ich mich angezogen vor einen Spiegel, erschien vor mir ein dürrer, androgyner Junge mit schulterlangem Haar, Stupsnase und ungewöhnlich vollen Lippen, in dessen Augen man erst auf den zweiten Blick ein Mädchen erkannte. »Meine Anda«, Mutter zog eine Miene, als träufelte ihr jemand kaltes Wasser in den

Nacken, »Kleider halten doch nicht warm.« Ich überlegte. »Aber du hast doch Kleider.« Sie schnaubte. »Ja, aber das ist was ganz anderes. Ich bin erwachsen.« Worauf ich nichts erwiderte, da Mutters Antworten auf meine Fragen oft noch mehr Verwirrung stifteten. Eine klare Grenze erkannte ich einfach nicht, begriff das alles nicht und blieb vorsichtig, nicht aus Angst vor Mutter, vielmehr aus Angst davor, nicht die Anda zu sein, die es verdiente, geliebt zu werden. Und so schwierig es für mich damals war einzuschätzen, was Mutter über alles, was in unserer 3-Zimmer-Wohnung geschah, dachte, so schwierig finde ich es noch heute zu sagen, wer sie eigentlich war. Es gab Tage, an denen sich Mutter geduldig und herzlich bemühte, mir das Lesen beizubringen, oder wie man sich die Fingernägel schneidet, doch zwischen solche Stunden schoben sich Momente, in denen sie sich darüber amüsierte, dass ich, wie sie sagte, den Mond anglotzte, oder mir, ohne es zu wollen, in die Hose gemacht hatte; ihr wohnte ein unergründlicher Widerspruch inne, man konnte nie ahnen, ob sie mich im nächsten Augenblick für das Scheuern der Badewanne lobte oder kritisierte. Treu blieb sie sich allein in der Selbstverständlichkeit, mit der sie in ihrem Sessel thronte.

Vater dagegen habe ich nie im Sessel sitzen gesehen. Vielleicht lag das daran, dass er meist von Mutter besetzt war, vielleicht fand er ihn auch nur unbequem, oder er hatte zum Fernsehen schlicht zu wenig Zeit. Als Installateur arbeitete er den ganzen Tag und die halbe Nacht. (Mutter meinte, es sei schon komisch, dass die meisten Rohre erst platzten, sobald die Sonne unterging.) Oft kam er nach Hause, wenn der Mond bereits hell am Nachthimmel leuchtete und ich schlief, und verließ morgens die Wohnung, noch bevor ich aufstand, und manchmal fragte ich mich, ob er die Nächte überhaupt daheim verbrachte. An Wochenenden unternahmen wir mit unserem blauen Volvo Ausflüge zum Frankfurter Flughafen und beobachteten von der Aussichtsplattform das Starten und Landen der Maschinen, Vater erklärte mir, aus welchen Regionen der Welt die einzelnen Airlines stammten, und versprach mir, jene fernen Länder alle eines Tages zusammen mit mir zu bereisen, und danach besuchten wir die einzige Eisdiele, die ganzjährig geöffnet hatte, löffelten ohne viele Worte unsere Kugeln Vanille-, Schoko-, Stracciatellaeis und bestellten jedes Mal eine Portion nach. Und sobald Mutter *Dieters Eck* aufsuchte, ein stickiges, mit Zimmerpflanzen vollgestelltes Lokal in unserer Straße, bei dem sie Stammgast war und Rabatt für ihr Lieblingspils bekam, half mir Vater, in mein einziges Kleid zu schlüpfen, das wir unter einer Holzplatte in seinem Kleiderschrank vor ihr versteckten. Ich besaß es, seitdem Vater mich einmal angebrüllt hatte, weil ich, in der Annahme, meinen Eltern damit eine Freude zu machen, mondförmige Löcher in die Schlafzimmervorhänge geschnitten hatte; gleich am Tag darauf waren wir in der Stadt einkaufen gegangen. Während Mutter leere Pilsgläser vor sich aufreihte, schminkte ich mir die Lippen mit Erdbeersaft, öffnete meinen Pferdeschwanz und tollte mit Vater durch die Zimmer, im Kreis um den Sessel herum, und mein Kleid blühte in gelben und orangen Frühlingsfarben, der Stoff war kühl und glatt, niemand sonst besaß ein solches *Gewand*, erklärte mir Vater und behandelte mich wie eine Dame, hielt mir Türen auf, rückte mir einen Stuhl zurecht; und dann erkannte ich in seiner frohsinnigen, spielerischen Art so gar nicht den Mann wieder, der Mutter jede Mahlzeit zubereitete, der ihr die Hornhaut an den Füßen abschabte, der sich kaum zur Wehr setzte, wenn sie ihn beschimpfte. War er in besonders guter Stimmung, schenkte er mir aus einer Flasche ein, auf deren Etikett ein Franzose abgebildet war: Baskenmütze, geschwungener Schnauzbart, rotes Halstuch, Baguette unter einem Arm, eine grüne Flasche unter dem anderen. »Aber nur ein Schlückchen«, lachte Vater. »Gibt nix Besseres als französischen Äbbelwoi, selbst wenn die das Cidre nennen. Ist wie flüssige Brause.« So wenig Tropfen es auch waren, bei jedem Kosten schien mir, als würde meine Sicht schärfer, als spürte ich Vaters tiefes, vibrierendes Lachen deutlicher, der Geschmack kroch in jeden Mundwinkel, die Welt wurde leicht und wunderbar und ließ mich vergessen, wie selten ich das Kleid aus der Dunkelheit im Kleiderschrank befreien durfte.

1985, Ende November, an einem Abend, den ich nie vergessen werde, saß ich am Fenster in meinem Zimmer und beobachtete den Mond. Sein matter Schein, viel angenehmer als Sonnenstrahlen, legte sich kühl auf meine Haut und weckte in mir den Wunsch, schwerelos gleiten zu können wie Astronauten, über Straßen hinwegzuschweben, Häuser mit mühelosen Sprüngen zu überwinden, in Begleitung der Wolken zu reisen, fern von unserem Wohnzimmer, aus dem Mutters anschwellendes Lachen herüberdrang. Es war einer dieser seltenen Abende, die meine Eltern gemeinsam miteinander verbrachten, und ich spürte, dass in diesen Stunden etwas mit beiden passierte, sie verwandelten sich in etwas Fremdes, und dieses Gefühl veranlasste mich, mein Haar so fest um meine Finger wickeln, dass sie blau wurden, ich weinte ein wenig, schrie kurz und hoch in ein Kissen, und als ich letztendlich zu ihnen ging, stöhnten sie auf, schalteten schnell auf ein anderes Programm. Es brannte kein Licht, die Wände schimmerten blau und grün wie in einem Aquarium, und meine Eltern fixierten mit Glupschaugen die Mattscheibe, als befände sich die wahre Welt dahinter. Vater, der vor dem Sessel zwischen Mutters Beinen Platz genommen hatte, erhob sich, trug mich zurück ins Schlafzimmer und wartete, bis er glaubte, dass ich schlief, und ging dann zurück zu ihr. Durch den Türspalt hörte ich das Klirren von Glas, ununterbrochenes Anstoßen, Mutters Flüche, die von Vaters *Psst* und *Schsch* überlagert wurden, Husten und Gekicher und Dinge, die ich nicht mochte, weil meine Eltern sie komisch fanden.

Ein dumpfer Laut riss mich aus dem Schlaf. Ich war eingenickt. Stritten sie sich? Mein Herz klopfte. Vater hatte einmal erwähnt, es gebe Kinder, die pendelten zwischen ihren Eltern hin und her, doch ich hoffte, es würde sich alles bessern, nicht bald, nicht gleich am nächsten Tag, aber mit der Zeit, wir könnten gemeinsam zu Mittag essen, ich würde beim Schneiden der Tomaten und Gurken helfen, und Vater müsste nicht viel tun, bloß auf seinem Stuhl sitzen und etwas von der Arbeit erzählen und rauchen, dafür wäre ja der Abzug da, Mutter würde ihm sogar Feuer anbieten. So fütterte ich, ohne mich zu rühren, die Stille mit Hoffnung, während mein Ellbogen schmerzte, auf den ich mich, zur Seite gedreht, gestützt hatte, um zu lauschen, als Gebrüll folgte, Wörter, die ich kannte, Mutter hatte mir verboten, sie zu benutzen. Ich lief los. Im Wohnzimmer war der Sessel umgefallen und lag auf der Seite wie ein verwundetes, klobiges Wesen. Als ich die Küche erreichte, wendete Mutter mir den Kopf zu, aber mit ihren geröteten Augen blickte sie durch mich hindurch, mit dem Arm machte sie eine ungelenke

Ausholbewegung und stieß gegen eine Bierflasche auf dem Esstisch, die zu Boden fiel und zerbrach. Eine schäumende Pfütze breitete sich aus. Vater hätte etwas tun können, Mutter zu einem Arzt bringen, mit ihr reden, wenigstens gegen sie anschreien können, aber er hockte bloß auf einem der Küchenstühle, zog an seiner Zigarette, den Kopf im Nacken, scheinbar gebannt von dem Rauch, der sich zur Decke schlängelte. »Nichtsnutz, verdammter Nichtsnutz«, schrie sie ihn an, Spucke flog durch die Luft. »Kapierst nichts«, tobte sie und sah zornig auf die Glasscherben und auf Vater, wie er dort saß, wie er rauchte, wie er die Zigarette hielt. Warum machte er das und unternahm nichts, wenn er doch wusste, dass es Mutter aufregte? Sie erhob sich, die Glasscherben knirschten, als sie sich in ihre Fußsohlen bohrten, mit einem Grunzen verlor sie das Gleichgewicht und fiel auf die Seite, prallte mit der Schulter auf, und ich sprang hin zu ihr, zog sie am Arm. Vater beugte sich gemächlich vor. Sie schlug nach seiner Hand. »Fass mich nicht an, Arschloch!« In ihrem Fuß steckten blutverschmierte Glasscherben und glänzten im grellen Küchenlicht wie rosa Kristalle. Mit der Zigarette im Mund murmelte Vater etwas und kratzte sich am Nacken. Ich holte aus und traf ihn mit der geballten Faust am Bein, so plötzlich, dass ich zunächst selbst nicht merkte, was vor sich ging. Vater packte meine Hand, sah mich an. Seine Mundwinkel zuckten, eine fremde Kälte lag in seinen Augen, und noch mehr: die Gewissheit, dass niemand außer seiner Tochter ihn schlagen durfte. Stumm drehte er uns den Rücken zu und verließ die Küche, bevor es Mutter nach zwei missglückten Versuchen gelang, wieder auf die Beine zu kommen, und sie in den Flur humpelte, sich noch einmal umdrehte, mich erst jetzt wahrzunehmen schien und brummte:

»Mach du das sauber.« Und verschwand. Auf dem Linoleum hinterließ sie rote Abdrücke und in meinem Kopf nur ein einziges Wort: Nichtsnutz.

Ich ließ heißes Wasser in einen Eimer laufen, gab Reinigungsmittel dazu und begann, die Küche zu putzen. Als ich danach das Schlafzimmer meiner Eltern betrat, musste ich mich zu jedem Schritt zwingen. Es roch sauer. Das Nachtkästchen war bis auf den letzten Platz vollgestellt mit Bierflaschen, die meisten davon leer, die Vorhänge waren zugezogen, das fahle Licht der Straßenlaternen drang durch die Nähte der geflickten Mondlöcher. Mutter wälzte sich zur Bettkante, streckte eine Hand nach mir aus und streichelte mir den Kopf. Ein geschwollener Fuß schaute unter der Decke hervor, mit einem Verband notdürftig umwickelt. »Er ist einfach abgehauen. Drückst du mich mal?« Zuerst zögerte ich, dann umarmte ich sie, so gut es ging. »Ich hab dich so lieb!«, sagte sie gerührt und presste meinen Kopf an ihre Brust. Mit krächzender Stimme schilderte sie mir, wie sie als Kind bei einem Reitturnier drei Hindernisse hintereinander überwunden hatte, und dabei sah ich ihr in die Augen, um ihr zu zeigen, dass ich jedes einzelne Wort aufnahm. Ich legte meine Hände in ihre, und sie hielt sie fest, weinte und nannte sich eine gute Seele, küsste mir die Stirn und sagte, sie habe es nicht verdient, so behandelt zu werden.

Später nahm ich mir eine von Vaters Apfelweinflaschen, ging zurück in mein Zimmer und klammerte mich an das kühle Glas, rollte es über meine nackten Schenkel. Am Himmel schoben sich Wolken vor den Mond. Die Tür war geschlossen, trotzdem hörte ich Mutter, ihre unverständlichen, traurigen Worte, sie war Wortführer und Zuhörer zugleich, und es machte mich wütend, dass sie nicht aufhörte, bis tief in die Nacht hinein redete, ruhelos Türen zuwarf und mich wach hielt. »Ich will schlafen!«, rief ich, dann blieb es ein paar Minuten still, bevor sie weitermachte, weil sie nichts sah, nichts hörte und sich an nichts erinnerte, so stellte ich es mir vor, weil sie durch die Wohnung humpelte, ohne zu wissen, was sie wollte und wer sie war, und an meine Tür klopfte, fragte, ob ich wach sei. Ich versteckte den Apfelwein, presste die Hände auf meine Ohren – das schluckte die Wörter, aber ihre Stimme blieb, und als ich den Druck wegnahm, die Augen langsam öffnete, stand sie neben dem Bett, beide Hände umklammerten den Hals einer Bierflasche, als wollte sie sie erdrosseln. »Anda?« sagte sie, »Anda, ich möchte mit dir reden. Ich weiß, du willst schlafen, aber kannst du … nur kurz?« Genervt schlug ich die Decke zurück und folgte ihr ins Wohnzimmer, wo sie es sich im Sessel bequem machte und er sie wie ein Kleidungsstück einhüllte, ihren Geruch verströmte. Ich stellte mich links neben den Sessel, da auf der anderen Seite das Abstelltischchen stand, und um den Bildschirm nicht zu verdecken, auch wenn der Fernseher ausgeschaltet war, und sie nahm meine Hand, führte mich mit graziöser Geste wie bei einem merkwürdigen Tanz um den Sessel herum und bedeutete mir, vor ihr stehen zu bleiben. Sanft hob sie mein Kinn an; ihre Augen waren glasig und blutunterlaufen. »Du wirst die Männer verrückt machen, du hübsches Ding.« Ich sagte, dass ich müde sei, und Mutter nickte, sie wusste, dass ich keine Geduld mehr hatte, und ich fühlte mich ihr überlegen, ich dachte, dass sie nur Trost brauchte. »Weißt du, was sie verrückt macht? Was ihnen wirklich gefällt? Ich weiß es, und ich wünschte, man hätte es mir rechtzeitig gesagt.« – »Was ist los?«, kam es mir über die Lippen, und ich erwartete fast, dass sie mir antwortete, was los sei, was nicht stimmte. Mit einem Mal liefen Tränen über ihr Gesicht, und als könnte sie meine Gedanken lesen, beteuerte sie, wie sehr sie mich liebe, sah mich jedoch nicht an, flüchtete mit ihrem Blick aus dem Fenster. Ein Blubbern in ihrer Kehle. Ich wischte die Tränenspuren von ihrem Gesicht und wollte sie küssen, aber etwas in mir wehrte sich dagegen, dieser Geruch, ihre schwammige Haut, ich fand meine Mutter hässlich und ich fürchtete mich vor diesem Gedanken und wollte zurück in mein Bett, um dort ganz allein zu liegen und an Eisessen und Flugzeuge zu denken, weil das hier nicht wahr war, nur eine Stunde in der Nacht, nach dem Einschlafen, vor dem Aufwachen, eine Zeit, in der Sachen passierten, die nichts mit dem Tag zu tun hatten. Träume sind harmloser, das weiß ich heute, und die Angst, die sie verbreiten, hat keinen langen Atem. Mutter deutete ein Nicken an, griff hinter sich und holte zwischen sich und der Rückenlehne des Sessels mein Kleid hervor. Wie sie es finden konnte, habe ich nie herausgefunden. Wortlos hielt sie es vor sich hin und ich starrte es an. Die frühlingshafte Frische war erloschen, wie eine welke Blume hing mein einziges Kleid von ihrer Hand, zerknautscht, verblasst, es miefte. Sie ließ los und es fiel zu Boden. »Du musst jetzt still sein, ganz, ganz leise.« Sie nahm noch einen Schluck Frankfurter Braun, dann fuhr sie mit der Hand unter mein Nachthemd und tippte mir an die Brust, jeder ihrer Finger zeichnete sich deutlich durch den Stoff ab, und sie lächelte und flüsterte: »Die werden schon noch wachsen.« Ich lächelte zurück, wir lächelten beide, und ihre Hand wanderte nach unten, ich konnte nicht sehen, was sie machte, stattdessen betrachtete ich ihren Mund, sie presste die Lippen zu einem dünnen, bleichen Strich aufeinander, und dann stimmte etwas nicht. »Wird ein bisschen wehtun.

Beiß die Zähne zusammen«, sagte sie, und schließlich, kurz davor, fiel mir auf, wie hässlich ihr Mund eigentlich war, er glich einer Narbe, und ich wunderte mich darüber, und da begann der Schmerz und spülte alles davon. Einen Moment lang saß er an einem einzigen Punkt zwischen meinen Beinen, und sie drückte ihn tiefer in mich hinein, darauf breitete er sich aus, und ich wollte nur noch, dass es aufhörte. »Das machst du ganz toll«, sagte sie, und meine Beine knickten ein, rechtzeitig fing sie mich auf. Es schmerzte, ein anstrengender Schmerz, der mir kaum Luft zum Atmen ließ. Ihre Lippen gewannen an Farbe, gewannen an Fülle, bildeten eine schmale Öffnung. Mir war schwindlig, ich drückte mich an ihre Brust, und obwohl ich nicht traurig war, weinte ich. »Liebling«, flüsterte sie in mein Ohr und gab mir einen Kuss, und ihre Lippen kräuselten sich, als sie meinen Kopf stützte und meine Wange streichelte, während die andere Hand wieder unter meinem Nachthemd verschwand. Ihr Mund öffnete sich weit, sie holte Luft, dann entwich ihren Lippen das Rot. Ich war still. Ganz, ganz leise.

Schweißgebadet wachte ich auf; mein Nachthemd nass, Bettdecke und Bezug feucht. Es war noch dunkel draußen. Im Bad spritzte ich mir kaltes Wasser ins Gesicht. Meine Hände zitterten – was für ein Traum, dachte ich, klappte den Klodeckel nach oben und setzte mich. Ein brennender Schmerz stach und bohrte, wuchs an, wanderte nach innen, tobte an Stellen, die ich noch nie gespürt hatte, und wollte nicht mehr aufhören. Ich sprang auf, hob das Nachthemd an und sah an zwei Stellen, links und rechts, je einen dunkelblauen Fleck. Doch nicht sie taten weh, der Schmerz lag tiefer, verborgen und mit bloßem Auge nicht zu erkennen. Ich versuchte mich daran zu erinnern, wie ich ins Bett gekommen war, aber das einzige Bild, das ich hervorkramen konnte, waren Mutters bleiche Lippen, dünner als sonst. Ich legte mich wieder ins Bett. Eine unsichtbare Wunde pochte zwischen meinen Beinen, ich kauerte mich zusammen, weinte, schlug aufs Kopfkissen ein. Lange sah ich die Tür an und horchte bei den geringsten Lauten auf, weil ich mir wünschte, Mutter würde zu mir kommen und mich in den Arm nehmen und mir den Rücken streicheln; zwar machten mir die Schmerzen Angst, aber ich sagte mir, immer wieder sagte ich mir, ich hatte etwas Falsches getan, ich hatte ein Kleid getragen, dafür wurde ich bestraft, nichts weiter.

Am nächsten Tag beklagte ich mich über Schmerzen, da unten, und Mutter sah mich verwundert an, gab mir Penatencreme, deutete mit einem zischenden Schmerzlaut auf ihren verletzten Fuß und schickte mich zum Kiosk, Bier holen. Sonst sagte sie nichts. Und als ich unseren Müll mit nach unten nahm und mein Kleid zwischen den prall gefüllten Plastiksäcken entdeckte, warf ich den Deckel der Tonne schnell wieder zu.

Jeder Tag, an dem es nicht wieder geschah, war ein Gewinn und dennoch eine Drohung für den nächsten. Früher oder später kam es vor, häufig in Nächten, in denen Vater außer Haus war, und es ging schneller vorbei, wenn ich mich nicht wehrte, genau auf Mutters Worte und jede Nuance ihrer Lippenbewegungen achtete, das gefiel ihr und ich wollte ihr gefallen. Was ich lernte: Das Bedrohliche leise ausgesprochen, oder, noch besser, gar nicht erst formuliert, nicht einmal in Gedanken, mindert die Angst, kann aber gegen Träume nichts ausrichten, Träume, in denen ich Vaters blauen Volvo eine Landstraße entlangsteuerte, rechts und links mit roten, achteckigen Schildern gespickt, auf denen in weißen Großbuchstaben stand *ACHTUNG! NICHTSNUTZ!*, Träume, in denen ich niemals die Bremse fand, der Wagen weiterraste, notdürftig aufgebaute Holzschranken zerfetzte und mich in einen Abgrund riss, Träume, deren pechschwarze Tiefe mich schluckte und vor denen ich mich so fürchtete, dass ich in vielen Nächten versuchte, nicht einzuschlafen, indem ich zum Mond blickte, auf dem ich schwerelos tanzen konnte wie auf einem Spielplatz ganz für mich allein. Dort oben war diese Zeit, in der ich mein Kleid trug und Vater mich wie eine Dame behandelte, noch nicht vorbei, dort oben drängten sich nicht Wochen zwischen zwei Ausflüge zum Flughafen, eilte Vater nicht vom Abendbrot direkt ins Bett, dort oben vergaß ich manchmal sogar, dass Mutter ihren Sessel immer seltener verließ und ich vor mich hin dösend auf ein paar Kissen danebenlag, während uns der Fernseher berieselte, Mutter meinen Hinterkopf kraulte, und ich mir mein gebürstetes Haar durcheinanderbringen ließ und schwieg, weil Mutter mir drohte, sollte ich Vater etwas erzählen, sie würde uns verlassen.

*

Der Geruch von Spiegeleiern und in Butter gebratenem Toast strömte aus der Küche, in der Vater am Herd stand und vor sich hin pfiff. Mutter schlief noch. Ich saß auf einem Schemel und drückte abwesend auf den Tasten des Klaviers herum; vor mir auf dem Notenhalter lag aufgeschlagen eine Invention von Bach, die mir Frau Selbstich, meine Klavierlehrerin, aufgegeben hatte. »Schön eine Hand nach der anderen«, raunte ihre Stimme in meinem Kopf; jede Lektion formulierte sie in gleichmäßiger Geschwindigkeit und mit einer Synkope zwischen zwei Sätzen. »Immer zuerst einhändig. Niemals zweihändig.« Das Problem war, einhändig beherrschte ich die Invention, mit beiden Händen gelangen mir jedoch keine drei fehlerfreien Takte. »Konzentration«, mahnte Frau Selbstich. »Zum Klavierspielen benötigt man zwei Dinge: Konzentration und ein sauberes Paar Hände.«

Kaum einen Monat, nachdem Mutter zum ersten Mal nachts in mein Zimmer gekommen war, hatte Vater gemeinsam mit einem Arbeitskollegen ein Klavier in die Wohnung getragen. Über die Schultern der Männer waren Riemen gespannt gewesen, sie hatten geschnauft und gestöhnt, sich mühsam nach oben gearbeitet, drei Stockwerke, sechs Treppen, neunzig Stufen, und ich war begeistert vorneweg gelaufen, hatte Türen aufgehalten und ihnen mitgeteilt, wie weit es noch sei. Bis das Klavier an seinem Platz im Wohnzimmer stand, parallel zum Sessel, war eine halbe Stunde vergangen. Vater und sein Helfer saßen verkehrt herum auf Stühlen, wischten sich den Schweiß von der Stirn, tranken Bier und nannten mich *Pianistin.* »Du lernst Klavierspielen«, rief Mutter aus dem Sessel, ohne dabei den Blick vom Fernseher abzuwenden. »Und warum?«, wollte ich wissen. Vater und Mutter, gleichzeitig: »Wir haben doch jetzt eins!« Meine Klavierlehrerin stellte sich als hagere Frau heraus, mit blondem Haarzopf und ausdruckslosen Gesichtszügen, die ihr Alter verschleierten. Als Vater sie in unserer Wohnung begrüßte, nannte er sie Frau Selbstich, und ich musste laut auflachen. Darauf hob sie bloß eine Augenbraue und nickte Vater zu, als engagiere sie ihn und nicht umgekehrt. In meiner ersten

Unterrichtsstunde verlor Frau Selbstich keine Zeit und stellte sofort ein paar Regeln auf; neben den üblichen Appellen an mein Verantwortungsbewusstsein, täglich mindestens eine Stunde zu trainieren, lautete die wichtigste Norm, die ich bedingungslos einzuhalten hatte: Sauberkeit. Vor jeder Klavierstunde beobachtete sie mit zusammengekniffenen Augen, wie ich meine Finger säuberte: großzügiges Einseifen der Hände, bis sich Bläschen bildeten, Bürsten der Handfläche und Fingerzwischenräume sowie der Fingernägel, Abwaschen. Das alles zweifach. »Gründlich sein«, schärfte mir Frau Selbstich ein, »gründlich.« Verwundert stellte ich fest, dass sich Mutter an Tagen, an denen Frau Selbstich zu Besuch kam, aus ihrem Sessel schälte, duschte, ihr Haar hochsteckte, Schminke auftrug und Kaffee kochte, den sie zu Beginn der Klavierstunde ins Wohnzimmer brachte; es kam sogar vor, dass sie Kuchen oder ein Stück Torte aus der Konditorei besorgte. Dabei hätte sie doch, um unser Geheimnis zu schützen, jeden Fremden von mir und der Wohnung fernhalten müssen, denke ich heute; wieso hatte sie überhaupt zugelassen, dass ein Klavier in unser Leben eindrang – aus einer bloßen Laune heraus? Auf Vaters Druck hin? Weil ihr schlechtes Gewissen sie plagte? Ich weiß es nicht, aber ich erinnere mich deutlich daran, wie viel Gefallen sie an Frau Selbstichs Anwesenheit fand; mit geröteten Wangen, fast aufgeregt, zwitscherte sie, dass ich mich schämte, »Bin schon stolz, wie toll Anda das kann!« oder »Sie hat Talent, finden Sie nicht?«, als sei das ihr Verdienst, und dann wurde ich das Gefühl nie ganz los, dass sie am liebsten selbst Klavierunterricht genommen hätte. Was sich Frau Selbstich dabei dachte, war schwer zu sagen, an ihrer statuenhaften Miene perlten selbst Mutters indiskrete Fragen und unanständige

Witze ab, sie schien sich von nichts aus der Ruhe bringen zu lassen, lächelte höflich, bedankte sich mit einer angedeuteten Verbeugung, tippte auf die Stelle im Notenheft, die ich ihr vorspielen sollte, und faltete die Hände im Schoß.

Hinter mir hörte ich nun Vaters schwere Schritte im Wohnzimmer, Klirren, eine Gabel, die gegen einen Teller stößt, und der Duft seiner Spiegeleier auf Buttertoast ließ mich überlegen, ob ich die Klavierübungen abbrechen und Vater bitten sollte, mir auch eine Portion zu machen, als im selben Moment weitere Schritte folgten, in unregelmäßigen Abständen und tapsig, die, gleichzeitig mit dem Ausbleiben des Gabelgeräuschs, etwa dort aussetzten, wo sich der Eingang zum Wohnzimmer befand. Stille. Im Bemühen, sie zu verscheuchen, bewegte ich meine Hände rasch über die Tasten und erstaunlicherweise gelang mir eine flüssige Tonfolge – mehr als fünf Takte! Der Sessel stieß Luft aus, als Mutter sich in ihn fallen ließ, auch die Gabel klirrte wieder, in einem hektischen Rhythmus, und ich spielte; ich spielte Bachs vierte Invention, spielte dreizehn Takte, ohne zu stocken, begann dann von vorne; erst im siebenundzwanzigsten Takt – der schwierigste Teil, die Durchführung, wie Frau Selbstich erläutert hatte – traf ich mit dem Mittelfinger ein G statt ein Gis und fing wieder mit der ersten Zeile an. Ich spielte lange, so lange, dass mir Phrasierungen gelangen, ich spielte crescendo, diminuendo, ich spielte forte und piano, fortissimo und pianissimo, und alles spielte ich allegro. Weder holte der Sessel Luft, noch rührte sich die Gabel, meine Eltern blieben im Wohnzimmer, lauschten meinem Spiel, und nicht nur das, auch nach diesem Morgen, am nächsten Tag, in der Woche darauf ebenso wie Monate später, ließen sie sich selten die Gelegenheit entgehen, folgten sie, als seien sie magisch angezogen, dem Klang des Klaviers ins Wohnzimmer, hin zur Musik, hin zu ihrer Anda, die ihnen etwas vorspielte, hin zu einem harmonischen Beisammensein, das mich traumlos schlafen und an ein einziges Wort denken ließ: Familie. Und so übte ich, wenn ich allein war, übte noch verbissener, wenn ich wusste, dass mir jemand zuhörte, und Frau Selbstich verbesserte mich kaum noch, verzichtete sogar darauf, mich beim Händeputzen zu kontrollieren, deutete ab und zu Korrekturen an, die ich aus dem Augenwinkel wahrnahm. Ließ sie die Hand hängen, dann sollte ich die Finger weniger verkrampft in die Tasten schlagen, bewegte sie die Hand flach auf und ab, sollte ich langsamer spielen, Handfläche nach oben und mit den Fingern fächeln hingegen hieß schneller, eine geballte Faust drängte mich, kräftiger anzuschlagen, und lautloses Klatschen wies mich auf das Tempo hin.

1988, bei meinem Eintritt in die dritte Klasse, beherrschte ich bereits Beethovensonaten, Mozartfantasien, Klavierwerke von Händel, und zu meinem zehnten Geburtstag überreichte mir Frau Selbstich ein schmales Heft mit dem Titel *DIE KUNST DER FUGE von J.S. BACH.* »Die Fuge ist der Höhepunkt aller polyfonen Musikformen«, erklärte sie, ohne ein einziges Mal zu blinzeln. »Sie stellt sich die Behandlung eines Themas zur Aufgabe. Das Fugen-Thema erklingt in der Regel einstimmig, also ohne Begleitung, damit es sich gut einprägt.« Mit dem Wort Fuge verband ich bis zu diesem Zeitpunkt nur einen schmalen Zwischenraum, eine Lücke, die gefüllt, gekittet werden musste, etwas Unfertiges, das auf seine Vollendung wartete. »Im Französischen sagt man *fugue*, das bedeutet auch Flucht.« Der Großteil von Frau Selbstichs Erläuterungen langweilte mich, schließlich waren das für mich abgehobene, theoretische Aussagen über eine faszinierende, wunderschöne und nicht zuletzt hilfreiche Sache – die Musik. Eins aber behielt ich im Gedächtnis: Fuge bedeutet Flucht, Wegrennen und Verstecken, eine einfache Sache, die nicht leicht war. Wie wäre die stets nüchterne Frau Selbstich wohl damit umgegangen, wenn ich ihr erzählt hätte, Mutter fasste mich nicht mehr an, seitdem ich Klavier spielte, mit aller Kraft übte, dass meine Handgelenke schmerzten, besonders sobald Vater außer Haus war und bis Mutter in ihrem Sessel einnickte und er ihr schweres Haupt mit der Kopflehne stützte und mich hoffen ließ, damit sei die Sache für immer aus der Welt, wie abgeklärt hätte Frau Selbstich da wohl reagiert?

*

Seine Stimme klang hell, ruhig und schwebend. Mit der ersten Wortmeldung in der ersten Stunde Mathematik am ersten Tag meines dritten Schuljahres riss sie mich aus der Konzentration. Die Stimme eines Jungen namens Frank, der sich von den anderen Schülern nicht allein durch seinen wohlgeformten Kehlkopf abhob, sondern auch durch das, was er sagte – seine Rechnungen waren allesamt richtig. Den Kopf ein paar Zentimeter zur Seite zu wenden, um herauszufinden, wie dieser Frank aussah, der zwei Reihen hinter mir saß, wagte ich jedoch nicht, zu groß war das Risiko, dass er es bemerkte, und so schmiss ich zum Ende der Unterrichtsstunde Heft und Stifte in den Schulranzen und stürmte sobald es läutete aus dem Klassenzimmer. An den Tagen danach beobachtete ich ihn heimlich und sammelte jedes Mal, wenn er mir zufällig über den Weg lief oder ich ihn verfolgte, ein Detail mehr: Seine Augen funkelten wie grau-grüne Sterne, sein aschblondes Haar verbarg zierliche Ohren, sein Kinn war spitz und seine Stirn glatt und hoch wie bei Männern mit Geheimratsecken. All diese Schnappschüsse verwahrte ich in meinem Lieblingskrater auf dem Mond, wo sie niemand entdecken konnte, und lag ich dann abends im Bett, bastelte ich mir Stück für Stück das Bild von Frank zusammen und malte es in die Dunkelheit meines Zimmers.

Im Nachhinein kommt mir meine Schulzeit vor wie eine Melodie, deren einzelne Motive sich kaum miteinander verbinden ließen, manchmal einander sogar widersprachen und doch Teil ein und derselben Sache waren, eine fremde Aneinanderreihung von Motiven, die erstaunlicherweise Sinn ergab, als ob man Melodie, das Wort, in einer unbekannten Sprache spricht.

Wären nur meine Mitschüler nicht gewesen. Vor allem in den Pausen, sobald der größte Krach losbrach, ein unmusikalischer Lärm ohnegleichen, sehnte ich mich nach meinem stillen Zimmer und ertappte mich dabei, wie ich mir die Ohren zuhielt, die Augen zusammenpresste, wenn ein paar Mädchen hysterisch aufschrien, als wären sie eben erst auf die Welt gekommen – ich flüchtete auf die Toilette, stahl mich auf das letzte Klo in der Reihe, schob den Riegel vor, klappte den Deckel runter, setzte mich, um mein Pausenbrot zu verspeisen, und warf mir insgeheim vor, solche Aktionen und meine guten Noten seien die Ursache dafür, dass alle meine regelmäßig wechselnden Banknachbarn mit Kindern an anderen Tischen tuschelten. Erst als uns die Lehrerin in Heimat- und Sachkunde bat, etwas über den Beruf unserer Väter zu erzählen, witterte ich meine Chance, sprach von Kalkablagerungen, Wasserrohrbrüchen, und ging, als ich das besondere Interesse der Klasse an verstopften Klos bemerkte, genauer darauf ein, was manche Leute so alles hinunterzuspülen versuchten, von toten Hamstern bis hin zu künstlichen Gebissen, und erntete triumphalen Applaus. Trotzdem redete nach der Stunde niemand mit mir und ich entschied, es müsse an meinen Klamotten liegen; solange es draußen nasskalt blieb, fiel meine bubenhafte Kleidung nicht weiter auf, an Sonnentagen allerdings schämte ich mich, nicht ebenfalls einen Rock zu tragen wie die anderen Mädchen, und behielt meine Jacke die ganze Zeit an, um zumindest die ausgebeulten Pullover zu verbergen, die Mutter mir aus dem Kaufhaus mitgebracht hatte.

Am Ende eines Schultags übernahm ich öfter als nötig den Tafeldienst. Unser Deutschlehrer hatte uns demonstriert, wie eine Tafel zu wischen war: Zuerst spülte man mit dem Schwamm, der triefend nass sein musste, den Kreidestaub in gleichmäßigem Tempo von oben nach unten von der Tafel (dafür brauchte ich einen Stuhl), danach wrang man den Schwamm aus, aber nicht, ehe man die Ablage am unteren Tafelende gewischt hatte, wo sich der meiste Kreidestaub ansammelte, und schließlich klopfte man den Lappen am geöffneten Fenster aus und trocknete damit die Tafel. Es war so ein schönes Gefühl, wenn die Tafel blitzblank glänzte, ganz ähnlich dem Gefühl, mit sauberen Händen den ersten Akkord anzuschlagen; ein paar Sekunden lang schien alles perfekt zu sein, makellos und ohne Fehl, und das gefiel mir.

Einige Tage nach der ersten Begegnung mit Franks Stimme saß ich in der Tram, auf dem Weg zur Schule, am schwarzen Himmel begleitete mich der Mond und ich ihn mit einer

Bach-Fuge, die ich auf meinen Oberschenkeln spielte. Der Platz neben mir war frei. Gerade stellte ich mir vor, einen Dominantseptakkord in Es-Dur anzuschlagen, da verkrampften sich meine Hände, der Abstand zum Sitz vor mir schrumpfte, die Luft wurde dünn. Ich wollte das Fenster öffnen, aber meine Hände und Arme gehorchten nicht. Die Augen weit geöffnet, auf meine Finger starrend, rieselte es in meinen Kopf: Frank setzte sich neben mich, der Junge, dessen Stimme wie für meine Ohren erfunden klang, und es war, als hätte ich zum Frühstück Apfelwein statt Apfelsaft getrunken, der Zeitverlauf schien zerstückelt und in falscher Reihenfolge zusammengesetzt – eben blätterte Frank noch in einem Schulheft und sein Knie berührte meins, da hielten wir schon vor der Schule und ein Strom Schüler ergoss sich aus der Tram auf den Bürgersteig. Frank erhob sich, hielt inne, drehte sich zu mir um: »Bis dann, Anda.« Er zwinkerte mir zu, er verließ die Tram, er begrüßte zwei andere Jungen, bevor er sich aus meinem Blickfeld entfernte und ich mich wieder zu rühren wagte. Es war diesig, eine feuchte Kälte, die durch jede Kleidung drang, belagerte die Stadt, trotzdem trieb ich mich, den Kragen meiner Jacke bis zum Kinn hochgezogen, in der Pause auf dem leeren Schulhof herum, wich mit Kreide gezeichneten Himmel-und-Hölle-Feldern aus und nagte an meinem Brot. »Wollen wir uns mal treffen?«, fragte Frank, der vom Eingang auf mich zukam und keinen Meter entfernt vor mir stehen blieb. Die Kombination Brot plus Butter plus Streichkäse in meinem Mund verwandelte sich in einen zähen Klumpen, den ich, statt ihn zu schlucken, in die Backe schob. »Wieso denn?« Seine Schultern zuckten. »Hättest du Lust, mich zu besuchen?« So unverschämt aufrichtig verhielt er sich, als wären wir schon seit frühester Kindheit

Freunde gewesen, und obwohl er nur ein Hemd trug, machte ihm die Kälte anscheinend nicht viel aus. »Mutter erlaubt so was nicht«, sagte ich und biss mir auf die Lippen; alle Worte, die sie betrafen, waren gefährlich und konnten mir Ärger einhandeln. Frank jedoch schien sich nicht an ihnen zu stören, nachdenklich zupfte er an seinem Ohrläppchen, bis mit einem Mal – gerade als ich gehen wollte – ein breites Grinsen seine Lippen spaltete und er sich an die Stirn tippte: »Ich hab da einen Plan.«

»*Differenzierter Sportunterricht*? Nachmittags?« Am frühen Abend saß Mutter, in einen Bademantel gehüllt, in ihrem Sessel, und im Licht der letzten Sonnenstrahlen, die durchs Fenster hereinfielen, sah ich Staubwolken, die das Sitzpolster bei jeder ihrer nervösen Bewegungen ausspuckte. Mit gerunzelter Stirn rückte sie ihre Lesebrille auf der Nase zurecht und starrte auf ein Schreiben in ihrer Hand. Elternnachrichten. »Und du bist sicher, dass Jungen und Mädchen getrennt sind?« – »Wir haben sogar eine Sportlehrerin.« Vorbildlich imitierte ich Vater, blieb gelassen, nickte kommentarlos, wartete. Mutter schluckte eine der rosa Tabletten und zerknüllte das Papier. »Also gut.« Tippex und eine ruhig geführte Hand hatten das Schreiben an die Eltern der siebten bis neunten Klassen, das Frank von einem Freund aus der Mittelstufe hatte, in ein Dokument für die Eltern der dritten bis neunten Klassen verwandelt. Angesichts der Vorstellung, so Frank besuchen zu können, ohne Mutters Misstrauen zu wecken, musste ich ein Lächeln unterdrücken. »Anda? Schau mich an.« Ihre traurigen Augen waren aus ihrem Gesicht nicht mehr wegzudenken. Ich hätte sie fragen können, denke ich heute, ich hätte zu ihr gehen und sie bitten sollen, mir zu erzählen, was sie so unglücklich machte. »Gleich danach kommst du nach Hause«, sagte sie, nahm meine Hand und legte sie an ihre Wange, »Klavierüben.« Sie schmunzelte, und einen Augenblick lang schwebte etwas Schönes im Raum, Stolz in ihren Augen, ein Aufblitzen von Heiterkeit, doch als sich ihre Lippen verformten und sie den Mund öffnete und begann, mich zu streicheln, war es vorbei. Ich löste mich rasch aus ihrem Griff und setzte mich ans Klavier, um, von ihr abgewandt, eine Sonate nach der anderen zu spielen, bis ihr keuchendes Schnaufen hinter mir vom sanfteren Rhythmus ihres Schnarchens abgelöst wurde und ich unbemerkt in mein Zimmer schleichen konnte.

Lerchesberg, Der Ring, Jugendstilvilla, erster Stock, Franks Zimmer. 1988, Ende Oktober, Donnerstagnachmittag, eine halbe Stunde nach Schulschluss. An der längsten Wand seines Zimmers, dessen Ausmaße mich an unser Wohnzimmer erinnerten, erstreckte sich ein Holzregal bis zur Decke, gefüllt mit Büchern und Andenken. Frank folgte meinem Blick, entnahm den Fächern dieses und jenes und begann zu erzählen, während ich mit zittrigen Händen ein Schachbrett mit grünen und weißen Jadefiguren betrachtete, einen faustgroßen Mahagonielefanten mit Stoßzähnen aus Elfenbein, den Skelettschädel eines Alligators, fast einen Meter lang, ein verwittertes, mit Runen beschriftetes Mauerstück, angeblich Raubgut aus der Grabkammer eines Pharaos. Ich saß auf seinem Bett, wippte auf und ab und lauschte, wie er von den Reisen seiner Eltern in verschiedene Länder der Welt erzählte, von denen Vater nicht einmal die Airline gekannt hätte, als Frank ohne ersichtlichen Grund auf einmal leise wurde und einen Moment lang schwieg. In dieses Nichts zwischen uns warf er eine Frage in einem seltsam heiseren Ton, als wäre er erkältet. »Magst du deine Eltern?« Ich stellte das Wippen ein und antwortete routiniert. »Ja, schon.« Frank nickte. Ein Stechen bohrte sich in meine Schläfen, meine Backen fühlten sich heiß an, brannten, und bevor Frank etwas bemerken konnte, deutete ich auf seinen Glasschreibtisch, auf dem ein Dutzend gerahmter Fotos die Hälfte der Fläche einnahm. Frank zeigte mir eines, auf dem ein braun gebrannter Mann vom Sattel eines Kamels herabwinkte, im Hintergrund Sandbänke und eine nahezu weiße Sonne. Auch von der Reise nach Kairo erzählte er mir, und ich hörte ihm aufmerksam zu, ohne meine Kopfschmerzen zu erwähnen.

Im Salon von Franks Eltern stand ein Sessel. Seine Füße waren Katzenpfoten nachempfunden, sein beigefarbener Bezug schimmerte reizvoll wie eine schwache Lichtquelle, die ich nicht zu berühren wagte, und mit meinen zehn Jahren ragte ich über seine Rückenlehne hinaus. Auf dem lackierten Holztisch mit den geschwungenen Beinen daneben lag ein silbernes Tablett als Unterlage für hübsch funkelnde Kristallglasflaschen, in denen honigfarbene und transparente Getränke ruhten. Franks Mutter und meine waren gar nicht so grundverschieden, wie ich zunächst angenommen hatte: Die eine trank jene Spirituosen, Mutter eben Frankfurter Braun. Als ich Frank bei unserem zweiten Treffen Apfelwein mitbrachte, lehnte er zunächst ab, weil er annahm, dieser sei so ähnlich wie die Getränke auf dem Silbertablett. »Sie machen so müde, manchmal machen sie Mama wach, aber meistens wird sie müde davon«, sagte er, worauf ich ihm versicherte, Apfelwein mache überhaupt nicht müde, Apfelwein sei spritzig, und zeigte ihm das Etikett, auf dem der Franzose vertrauensvoll lächelte. Nach kurzem Zögern erklärte sich Frank damit einverstanden zu kosten. »Ganz schön sauer«, urteilte er. »Ist am Anfang immer so«, belehrte ich ihn und schenkte ihm nach. Der Apfelwein sprudelte wie Mineralwasser. »Magst du Brause?« Ich wusste, dass er Brause mochte. »Das hier ist flüssige Brause!« Frank nippte an seinem Glas, während ich mein zweites leerte, denn trank man so schnell wie möglich so viel wie möglich, verschwand bald der säuerliche Nachgeschmack und man konnte allein das Prickeln auf der Zunge genießen. Wir hielten unsere Nasen über die Gläser, und die platzenden Bläschen kitzelten. »Du darfst ... Alkohol kaufen?«, fragte er, ohne zu lallen, und er hatte auch keinen Schluckauf, er benötigte einfach etwas länger als gewöhnlich, um die richtigen Worte zu finden. »Wenn ich Mutter Bier hole«, sagte ich, »kaufe ich manchmal eine Flasche, heimlich.« Mit der Hand fuhr ich mir über die Stirn, mir war unerträglich heiß und die Kopfschmerzen wurden stärker. Frank nahm eine seiner Schachfiguren aus Jade, einen grünen Turm, und ließ sie über seine Finger rollen. »Und warum holst du ihr Bier?« Ich kicherte, murmelte etwas, und Frank sah mich ernst an und fragte: »Nichtsnutz?« Mir gefiel es, wie Frank mich beobachtete, als ich den Reißverschluss meiner Jacke aufzog, sie mir von den Armen streifte, sie neben mich legte und zu erzählen begann. Dabei hörte ich mir zu, so albern es klingen mag, ich folgte meinen eigenen Worten in geringem Abstand, und als ich es aussprach, als ich Mutters traurige Augen beschrieb, die Tränen und ihre plumpen Hände und wie deutlich sie sich durch den Stoff abzeichneten, wenn sie unter mein Nachthemd glitten, die kalte Berührung ihrer Finger und den Schmerz, da wurde mir nicht nur klar, dass das keine guten Dinge sein konnten, sondern vor allem, wie dumm ich gewesen war. Und das ist im Nachhinein das Schlimmste. Frank gab keinen Ton von sich, allein sein Blick genügte, um mir zu versichern, ich müsse mich nicht dafür schämen – was ich sagte und dass ich es sagte. Nur sein Blinzeln, wie er vom Schneidersitz auf die Knie wechselte, sich auf die Hände stützte, nach hinten lehnte, erneut den Schneidersitz einnahm, und das Kauen auf seiner Lippe verrieten mir, wie viel in ihm vorging, und bestätigten eine Idee, die mit jedem meiner Worte an Konturen gewann und weiterkeimte und sich dagegen wehrte, sofort wieder gelöscht, als abstruses Hirngespinst abgetan zu werden, und dennoch empfand ich einen Ekel vor mir selbst, fühlte mich, als hätte ich gegen eine Regel verstoßen, kam mir niederträchtig vor, so schlecht über Mutter zu sprechen, und wollte Frank etwas von ihrer Liebe erzählen, von ihrer Großzügigkeit, ihrer Zuwendung, ihrer selbstlosen Hingabe, aber dazu fiel mir nichts ein, und ich wurde wütend, schimpfte auf Vater und seine Abwesenheit, nannte ihn einen Feigling, verfluchte die Tabletten, das Bier und vor allem den Sessel, mit dem alles erst begonnen hatte, als könnte ich, gäbe ich mir nur genügend Mühe, mit dem Erzählen irgendetwas daran ändern, dass es passiert war – es war passiert und konnte jederzeit wieder passieren –, bis mir keine Luft mehr blieb und mir zum ersten Mal bewusst wurde, dass ich für dieses Geheimnis noch nicht einmal einen Namen hatte.

Gerne würde ich behaupten, ich fühlte mich besser, als Frank mich später am selben Tag zur U-Bahn brachte, aber mir war ganz und gar nicht leicht zumute, in meinem Kopf wirbelten Erinnerungen umher, die ich Frank beschrieben hatte, oder vielleicht auch nicht, das ließ sich kaum voneinander trennen.

Erst nach einer Weile betäubte die frische Luft und der durch Zirruswolken verschwommene Sichelmond am Himmel dieses Pochen in meinem Schädel. Um auf neue Gedanken zu kommen, fragte ich: »Schon mal ein Mädchen geküsst?« Er nickte einen Augenblick zu spät. »Klar.« – »Und ... wie war's?« Wieder zupfte er an seinem Ohrläppchen. »Ganz okay.« Da erfasste uns eine Windböe verbrauchter, warmer Luft, die U-Bahn fuhr ein, ihre Türen glitten auf, ich stieg ein und Frank versäumte seine Gelegenheit.

Nur zwei Tage später saß ich abends im Lichtkegel der Tischlampe und beantwortete Franks Brief. Die Vorhänge waren geschlossen, weil die untergehende Sonne blendete. Ich brachte kaum etwas zu Papier, mit den wenigsten Formulierungen war ich zufrieden. *An die Prinzessin des Mondes* hatte er auf den Briefkopf geschrieben, und so schnulzig das klingen mochte, mein Herz schlug jedes Mal schneller, wenn ich es las. Mutters Schluchzen spukte durch unsere Wohnung, Ächzen, Flüche. Als würde sie Qualen leiden, rief sie meinen Namen, bevor ihr verheultes Gesicht im Türspalt erschien und ich mit dem Stift ein Loch in den Brief riss. »Spielst du mir was? Muss nichts Besonderes sein. Bitte, Anda.« Ich wusste, dass sie keine Ruhe geben würde, ich kannte solche Abende, rotierende Stunden, von Wehleid zu Zorn, von Zorn zu Verzweiflung, von Verzweiflung wieder zu Wehleid. Ich seufzte und folgte ihr ins Wohnzimmer; dort waren die Vorhänge zurückgezogen, die Abendsonne warf lange Schatten, der größte von ihnen war der des Sessels. Ich setzte mich ans Klavier und blätterte in einem Notenheft, Beethovensonaten. Mutter ließ sich in ihren Sessel fallen, dumpf stöhnte er auf. »Spielst du was Schönes?« Ich begann und mir unterliefen mehr Fehler als gewöhnlich. Nach ein paar Minuten schlug ich den Schlussakkord an. »Schon fertig?« An Mutter vorbei sah ich nach draußen. Gegen die Sonne betrachtet, glich das Nachbargebäude einem gewaltigen, schmutzig grauen Kasten. Im zweiten Stock, erstes Fenster von links, wurde Licht angeknipst, und ein Mann mit Igelfrisur betrat die Wohnung. Mutter wollte sich neben mich auf den Schemel setzen, dazu musste ich bis zum Rand rutschen. »Reicht doch für uns zwei.« Ihre Stimme schien weit entfernt zu sein. Der Mann schaltete den Fernseher ein. »Schade, dass ich nichts kann.« Sie klopfte mir aufs Knie. »Würde so gern mal mit dir vierhändig spielen.« Ihre Hand blieb liegen. Der Mann holte eine Flasche aus einem Nebenzimmer. Ihre Hand wanderte meinen Oberschenkel entlang. Ich stand auf. »Spielst du nichts mehr?« – »Ich möchte ins Bett.« Augenblicklich füllten sich ihre Augen mit Tränen. »Schon?« Sie erhob sich, streckte ihre Arme nach mir aus, von denen bleiches, teigiges Fleisch baumelte. Ich wich zurück, riskierte einen weiteren Blick aus dem Fenster. Es dauerte einen Moment, bis ich begriff, was geschah: Der Mann warf seine Flasche durch das Zimmer, sie zersprang an der Wand und hinterließ einen dunklen Fleck, dann verließ er die Wohnung. Ich wünschte Mutter Gute Nacht und eilte ins Bad. Im Dunkel stützte ich mich aufs Waschbecken, krallte mich an der Keramik fest, zog mit aller Kraft daran, ich kniete mich vor die Kloschüssel, steckte mir den Zeigefinger in den Hals und würgte, aber mein Magen war leer. Sie rief: »Geht es dir gut?« Ruhelose Schritte. Ich schaltete das Licht an, spülte mir den Mund, sah in den Spiegel und bespuckte mein Spiegelbild. Es zerfloss.

In meinem Zimmer wartete sie auf mich. Langsam drehte sie sich um, führte eine Hand nah an ihr Gesicht, das faltige, eigelbe Kleid spannte sich um ihren Körper, die gelockten Haare waren zerzaust wie nach einem unruhigen Schlaf, ihre Lesebrille drohte von der Nase zu rutschen und in ihren wulstigen Händen hielt sie ein Blatt Papier mit einem Loch. Sie flüsterte: »Frank?« Und: »Wer ist das? Wem schreibst du? Nicht möglich ... ist das ... wieso schreibst du dem?« Als sie den Brief in Fetzen riss und zu Boden warf, klang eine Melodie an, eine zarte, verspielte Melodie, die einen Moment lang dicht über dem Boden schwebte, ehe sie mein Zimmer erfüllte und ich sie einatmete, sie in großen Atemzügen in mich aufnahm und in mir spürte, wie sie wuchs, zu meiner Fuge anschwoll, sich aufblähte und in meinem Kopf pulsierte, bis keine Angst mehr übrig war. Eine grandiose Musik. Mutter kam auf mich zu, aber ich konnte nicht gehen, noch nicht, die Fuge würde mir verraten, wann ich mich rühren sollte, und ich schloss die Augen, stellte mir vor, mit Frank den Mond zu erkunden, seine sandige Oberfläche aufzuwühlen und die Tausende von Kilometern entfernte, murmelfarbene Erde wie eine Frucht mit Daumen und Zeigefinger zu pflücken, als die Melodie einen schwungvollen Salto vollführte, mein Herz schubste und ich die Augen aufriss. Mutter war stehen geblieben und hatte den Kopf schief gelegt, sie öffnete die Lippen, aber ihre Wörter prallten an der Fuge ab. Für jeden Schritt, den sie auf mich zustapfte, ging ich zwei rückwärts, und Mutter beschleunigte, sie lief in meine Richtung. Ihre Bewegung, dieses Vorwärtsstürzen, wirkte merkwürdig fremd und war faszinierend anzusehen, Stofffalten bildeten sich und glätteten sich wieder, ihr Körper geriet in Wallung, stürmte unkontrolliert auf mich zu, nur eins als Ziel, nur mich. Ich rannte davon. Mein Herzschlag blieb ruhig, in einem besänftigenden Rhythmus, die Fuge brannte in meinem

Blut, und ich war mir nicht sicher, aber wurde sie nicht von Franks Stimme begleitet? Zur Wohnungstür rannte ich gar nicht erst, bestimmt war sie wie immer verriegelt, und Zeit, den Schlüssel zu suchen, hatte ich keine. Im Wohnzimmer stellte sich mir der Sessel in den Weg, breitete seine Lehnen aus, als wollte er mich fangen – ich wich ihm problemlos aus, überquerte den Flur, riss die Tür zum Badezimmer auf. Mutter hetzte mir nach, prallte gegen den Sessel, er wankte, fiel jedoch nicht; sie stolperte weiter durch den Flur, mit rudernden Armen, brauste direkt auf mich zu. Ich muss für sie da sein, dachte ich, weil sie meine Mutter ist und ich ihre Tochter bin, ich darf ihr nicht wehtun. Und dann durfte ich es doch. Ein Schritt zur Seite, der plüschige lila Vorleger glitt unter mir davon, ich stürzte, Mutter bremste nicht, meine Wange riss auf, kaltes Weiß schlug mich – Blut, da war Blut –, ein spitzer Schrei zerhackte die Fuge, Poltern. Schwarz.

Unbestimmte Zeit wanderte ich besinnungslos durch Rauschen. Mich weckte ein Kitzeln an der Wange, Vaters Schnurrbart, als er mir einen Kuss gab. »Was ist passiert, Anda?« Vater trug Jeans und ein weißes Hemd, das am Kragen schmutzig war, und in der Hand hielt er Mutters Lesebrille; ein Sprung zog sich durch eines der Gläser. Als ich aufstand, sah ich Mutter auf dem Bauch in der Badewanne liegen, ihren linken Arm in einem unnatürlichen Winkel von sich gestreckt und beide Augen geschlossen. Röchelnd hob und senkte sich der monströse Körper. Ich suchte in Vaters Miene nach einer Reaktion, erkannte aber nur, dass der Fleck an seinem Hemdkragen Ketchup war. Prüfend betrachtete er meine Wange. Im Spiegel sah ich zwei blutige Kratzer, von Mutters ungeschnittenen Fingernägeln. Vater sagte nichts. Ich half ihm, Mutter aufzusetzen. Sie erbrach Flüssiges. Es kostete uns Kraft und Mühe und eine Stunde, bis sie gewaschen war und in ihrem Zimmer schlief. Ihr Arm war anscheinend nicht gebrochen. Vater brachte mich ins Bett und deckte mich zu, strich mir durchs Haar, ließ seine eiskalte Hand einen Augenblick lang auf meiner Stirn liegen und wünschte mir angenehme Träume. Hinter dem Fenster war die Nacht so klar, dass man mit bloßem Auge einzelne Krater auf der Mondoberfläche erkennen konnte. Vater bemühte sich, beim Verlassen der Wohnung die Tür möglichst lautlos zu schließen, doch er unterschätzte meine Ohren, die äußerst geschult waren für diesen Laut. Nachdem er gegangen war, hielt auch mich nichts mehr zu Hause, und ich tanzte schwerelos auf dem Mond, mit einem aufwühlenden, neuen Gefühl im Bauch, das in mein Herz wanderte.

In der Schule, zwischen den Müllcontainern auf dem Lehrerparkplatz, schilderte ich Frank am Tag darauf, was passiert war, und anstatt mich zu küssen, umarmte er mich. Gegen Abend kehrte Vater früher als gewöhnlich von der Arbeit zurück. Mutter und er unterhielten sich. Als ich mich ans Klavier setzte und zu spielen begann, scheuchte mich Vater aus dem Zimmer. Am nächsten Morgen teilten sie mir mit, wir würden nach München ziehen; Vater könne von einer Gehaltserhöhung profitieren, sogar Urlaubsreisen seien möglich. So schnell es ging, informierte ich Frank, der meine Hand packte und seine Finger zwischen meine schob. In heller Aufregung entwarfen wir einen – in unseren Augen – brillanten Plan: Wir würden Geld sammeln, um nach Südafrika zu seinem Onkel zu fliegen und dort unter Elefanten und Eingeborenen das Leben zu lernen, allezeit braun gebrannte

Haut, keine Schule, keine Eltern, nur wir beide, und über uns allein der weite, mondgeschmückte Himmel der Steppe. Nach ein paar Wochen mussten wir jedoch feststellen, dass wir nicht annähernd genug Geld für ein Flugticket gespart hatten und verwarfen den Plan. Uns mindestens zehn Seiten lange Briefe zu schreiben – so lautete Plan B.

*

Noch im April zogen meine Eltern mit mir von Bornheim, Frankfurt, nach München in die Au. »Das Klavier hat dort keinen Platz«, erklärte mir Vater, nachdem er Frau Selbstich gekündigt hatte, »aber wir besorgen dir bald ein Neues. Nur ein bisschen kleiner.« Ich fragte ihn, wieso wir umzogen, wieso wir tatsächlich umzogen, und er tätschelte mir den Rücken, lachte, als hätte ich einen Scherz gemacht, und versicherte mir, ich bräuchte keine Angst zu haben, München sei viel besser. Besser als was, verriet er mir nicht.

Bevor ich das Haus nahe der Isar verließ, überprüfte ich, obwohl ich wusste, dass die Post erst mittags kam, jeden Morgen unseren Briefkasten, in der Hoffnung auf eine Nachricht von Frank; bei meiner Heimkehr nachmittags sah ich ein zweites Mal nach und riskierte bis zum Abend wenigstens noch einen Blick. Meine Sorgfalt wurde täglich belohnt. Und ich schrieb ebenso oft, von meiner Schule, von den Spazierwegen an der Isar, von dem neuen Platz des Sessels in unserer 4-Zimmer-Wohnung. Ich beschrieb jeden meiner Lehrer und jeden verhätschelten Mitschüler, ich beschrieb Klamotten, die ich trug (sogar Kleider), Läden, Cafés, Restaurants, die ganz anders waren, den vielen Schnee. Ich schrieb ihm davon, dass Mutter nicht mehr versuchte, mich anzufassen;

ich schilderte ihm, wie selten mich ihr Blick streifte und wie sie meinem auswich. Ich schrieb ihm nicht, dass ich wissen wollte, ob sie mich liebte, ob ich noch ihre Anda war, ob ich sie lieben durfte. Aber ich schrieb ihm, wie oft mir Vater Geld zusteckte, mir versicherte, ich wüsste schon etwas damit anzufangen, Eis essen, oder sonst was. Ich schrieb ihm, dass ich seine Stimme vermisste. Und ich schrieb ihm, als Mutter 1990, im Schoß des Sessels, an ihrem Erbrochenen erstickte, während ich Klavierstunden bei meiner Musiklehrerin nahm und Vater sich wer weiß wo herumtrieb. Ihre königsblaue Urne wurde in ein achteckiges Fach – Nummer 341 – in einer schlichten, betongrauen Mauer gestellt. Auf dem Friedhof vergeude ich noch heute die meiste Zeit damit, sie zu finden, und jedes Mal, wenn ich ein paar Blumen an die Mauer lege, hoffe ich, dass es mir eines Tages egal sein wird, was sie getan hat, ich hoffe, dass ich sie dann gerne besuchen werde.

Nach ihrem Tod hatte der Sessel an Gewicht verloren. Das Sitzpolster war durchgesessen, der Stoff abgewetzt, einzelne graublaue Haare hingen an der Kopflehne. Der Stoff verströmte herbe Ausdünstungen, Schlaf und Schweiß. Freunde halfen mir, ihn nachts zu einem stillgelegten Eisenbahngelände zu bringen. Nachdem sie sich auf meinen Wunsch hin entfernt hatten, zündete ich ein Streichholz an, zögerte keinen Moment und setzte den Bezug des Sessels in Brand. Der aufsteigende Rauch juckte auf meiner Haut und reizte meine Augen. Es war eine sternenklare Nacht, aber nach dem Mond suchte ich nicht, sondern beobachtete, wie das Feuer den Sessel fraß, es ihn heiß durchbohrte, in Fetzen riss und seine Masse schmolz. Ich wusste und war froh, dass er Schmerzen empfand.

Die Pfütze

Auf ihrem Weg mit dem Fahrrad wechselte Carolina, wie auch die anderen Fahrradfahrer auf der Karl-Liebknecht-Straße, die von den meisten Leipzigern nur als Karli bezeichnet wurde, zwischen Straße und Bürgersteig, fuhr auf linker wie auf rechter Seite und achtete darauf, nicht mit den Reifen in die Gleise zu geraten, was bereits einmal zu einem schweren Sturz geführt hatte, nach welchem sie einige Zeit lang nur mehr auf dem Bürgersteig gefahren war. Sie folgte der Straße Richtung Südvorstadt, ihr Ziel war eine Reinigung, der rote, auf den Gepäckträger geklemmte Mantel mit den Fettflecken flatterte im Fahrtwind. Auf dem Bürgersteig verlangsamte sie ihr Tempo, da die Abstände zwischen und die Risse in den einzelnen Steinplatten beträchtlich waren, wich den ausgedehnten Pfützen aus, die zwar seit dem Morgen in der Sommersonne schrumpften, den Fußgängern und Fahrradfahrern jedoch, ganz besonders den Müttern mit Kinderwagen, einige Ausweichmanöver abverlangten. Carolina dachte dabei nicht ans Fahren, so wie kaum jemand über das Fahren nachdenkt, ob nun Fahrradfahrer oder Autofahrer, Carolina dachte, dass ihr die Risse und Fugen der Steinplatten Furcht einflößten, und sie konnte sich nicht erklären, welcher Umstand die plötzliche Angst hervorrief, sie wusste nur, dass es sie mit tiefem Unbehagen erfüllte, über die Steinplatten zu rollen und Pfützen zu umkurven, und sie dachte, um sich abzulenken, an ihren Ausflug mit mir zum Völkerschlachtdenkmal und an das Gespräch zweier Touristen, eines Ehepaares, das, am Sockel des Denkmals, im Schatten des monströsen Baus den Blick zu Boden gerichtet, darüber gestritten hatte, ob es nun Dehnungsfugen, ganz gewöhnliche Dehnungsfugen im Stein unter ihren Füßen seien, oder doch Risse. Der Mann war davon überzeugt gewesen, es seien Dehnungsfugen, Quatsch, hatte er gesagt, ich kenn mich da aus, das sind Dehnungsfugen, worauf seine Frau achselzuckend Carolina einen Blick zugeworfen hatte, inklusive Augenverdrehen, ein vorwurfsvolles Aufleuchten. Im selben Moment war Carolina klar geworden, dass sie niemals in ihrem Leben auf diese Weise reagieren wolle, sobald ihr Ehemann etwas zu ihr sagte, dieses Schulterzucken und Augenrollen, ein Aufgeben und Beschweren zugleich, das Carolina angewidert hatte und schnell weitergehen und mit mir über dieses einfältige Verhalten lästern ließ. Wir waren uns nicht sicher gewesen, hätten uns aber auch nicht gegen die Behauptung gewehrt, dass uns das Verhalten der Frau noch mehr missfallen hatte als das des Mannes, weil diesem nicht aufgefallen war, wie schnell sich seine Frau in ein Schulterzucken und Augenrollen geflüchtet hatte, eine gestische Ausrede, um nicht so handeln zu müssen, wie es wohl angemessen gewesen wäre, etwa, ihn darauf hinzuweisen, dass man es ausdiskutieren könne. Da hatten Carolina und ich gelacht, sie zuerst, über uns selbst, vor allem darüber, welche Gedanken wir uns bereits über das Älterwerden machten, dass wir noch jung seien, frisch, das alles, und dieses Ehepaar eben nicht. Daran dachte Carolina, als sie vom Fahrrad abstieg und begann, es neben sich herzuschieben, auf dem Kopfsteinpflaster, links der Steinplatten, die sie aufgrund der ausladenden Pfützen nicht betreten konnte. Es gab da eine Geschichte, es war mit Sicherheit keine neue Geschichte, und Carolina wusste auch nicht mehr, wann und zu welchem Anlass sie sie gehört hatte, jedenfalls war sie damals kein Kind mehr gewesen, sondern älter, zumindest in dem Alter, in dem man als junge Dame bezeichnet wurde, vermutlich fünfzehn. Diese Geschichte erzählte von einer unscheinbaren, trüben Pfütze mitten in einer Stadt ohne Namen, an einem Platz voller Menschen, einer Pfütze, der die Menschen ausgewichen waren, wie es Carolina in diesem Moment tat, eine Pfütze, die geschätzt womöglich fünf bis zehn Zentimeter tief war, tatsächlich aber weitaus mehr, was jedoch nicht zu erkennen war, da Dreck und Staub das Wasser undurchsichtig machten und keinesfalls erahnen ließen, welche Dimension diese besondere Pfütze tatsächlich besaß, sollte ein forscher Schritt oder Sprung dazu führen, dass jemand diese Dimension zu spüren bekam. Eine Pfütze also, die sich, der Geschichte nach, die Carolina, wie sie sich jetzt erinnerte, einmal auf einer Fahrradtour durch Frankreich gehört hatte, weit in die Tiefe ausdehnte und eine Wassersäule formte, wie es keine vergleichbare gab, von einer unterirdischen Quelle genährt, die gleichzeitig einen Sog erzeugte, der seine Opfer tiefer und tiefer spülte, sobald sie sich unter Wasser befanden, und ihnen langsam ihre Kräfte entzog und sie durch einen unterirdischen Tunnel ins Dunkel katapultierte. An diese Geschichte dachte Carolina, und sie blieb stehen, hob einen Kieselstein auf, der in der Fuge zwischen zwei Pflastersteinen steckte und warf ihn in eine Pfütze, es spritzte und sie konnte ihn nicht mehr sehen, was allerdings an dem von ihr aufgewirbelten Staub lag, den das Wasser gefangen hatte, dachte Carolina, der Dreck von der Sanierung des Hauses hinter ihr, in dem neuer Platz für ein Café, Büro- und Wohnräume geschaffen wurde. Carolina stellte sich vor, wo dieser Kieselstein nun lag, sie lehnte das Fahrrad gegen einen Baum, näherte sich der Pfützc und streckte ihre Hand danach aus, sodass sie ihre Finger und einen Teil ihres Gesichts auf der trüben Wasseroberfläche erkennen konnte. Ihre Lippen waren schmaler als sonst, die Finger bewegte sie leicht, als wärmte sie sie auf, noch immer konnte sie den Kieselstein nicht sehen, die Staubwolke im Mikrokosmos der Pfütze war ein Sturm, der die Sonne verfinsterte, dachte Carolina und griff zu und fand ihn nicht und fand ihn nicht und tastete, nun auf allen vieren, mit beiden Händen in der Pfütze nach dem Steinchen, vornübergebeugt. Ihr verzerrtes, dickes und dünnes Spiegelbild sah verängstigt aus, und das war sie auch, Carolina fürchtete sich, sie fürchtete sich davor, den Kieselstein nicht zu finden, ihr Mund war geöffnet, sie ignorierte die Passanten, welche kurz den Kopf hoben, wenn sie das Mädchen bemerkten, das vor der Pfütze kniete, dann schnell weitergingen, wenn sie realisierten, dass die Hände des Mädchens in einer schmutzigen Pfütze verschwanden. Keiner von ihnen sah, wie sich Carolina zurücklehnte, ihre Hände ausschüttelte und das wiedergefundene Steinchen von einer Hand in die andere rollen ließ, erleichtert, und einen Augenblick lang abgelenkt von der Geschichte der Pfütze. Diesen Augenblick nutzte Carolina, um wieder auf ihr Fahrrad zu steigen und kräftig in die Pedale zu treten, ohne über ein Wasserloch, einen Wassertunnel in dieser Straße nachzudenken, sie fuhr so schnell sie konnte die Karli entlang, scherte sich nicht um die Gleise oder ihren verfleckten Mantel, sondern fuhr direkt zu mir, ließ das Fahrrad neben dem Eingang fallen und drückte auf den Knopf neben meinem Namen. Sie dachte, ich wäre nicht zu Hause, sofort dachte sie das, erzählte sie mir später, und bei dem Gedanken, wieder all den Pfützen und Gleisen ausweichen zu müssen, unterdrückte sie einen Heulkrampf und presste ihren Daumen so fest auf den Knopf, dass die Haut rot wurde und das Ende ihres Nagels weiß, sie sagte irgendetwas vor sich hin, daran erinnerte sie sich später noch, aber nicht daran, was sie vor sich hin sagte, und dann stürmte sie ins Treppenhaus, als sie meine dumpfe Stimme hörte und ich auf ihr drängendes Bitten hin sofort öffnete, da ich glaubte, jemand wäre hinter ihr her oder sie habe sich schwer verletzt, was genau ihrem Gefühl entsprach, wie sie mir später erzählte. Und sie rannte die Treppe nach oben, und ich kam ihr, aus Angst, verwirrt ein Stück entgegen, wir trafen uns auf halber Strecke, mit solcher Wucht stürzte sie auf mich, dass wir umkippten, ich mit dem Rücken gegen die Stufen prallte, aber nichts spürte, da meine Angst wahrscheinlich den Schmerz betäubte, und ich fragte sie, was denn passiert sei, was es denn war, das sie derart erregt habe, und sie schluchzte, weinte und ich wischte ihr mit einem Hemdsärmel die Tränen aus dem Gesicht, was nicht viel half, sofort rollten neue die Wangen herab, und sie sagte *nichts*, was ich nicht glauben wollte, ich packte sie, viel zu fest, an den Schultern, und sagte in strengem Ton, für den ich mich später entschuldigte, was es denn sei, sie müsse es mir sagen, doch sie lachte nur, etwas weniger traurig, wie ich fand, wie sie mir auch später bestätigte, sie lachte und sagte, es sei tatsächlich nichts, keine Verfolger, keine Verletzung, niemand sei schwanger, es gehe allen gut, sie brauche jetzt einfach jemanden, der ihr zuhöre, und ich bot ihr an, zuzuhören, aber im Wohnzimmer, sagte ich. Wir hielten uns an den Händen, als wir in die Wohnung gingen, und sie bat um Verzeihung für den Überfall und dass sie mein Fahrrad so grob behandelt habe, aber ich antwortete ihr nicht, ich dachte nur, dass ihr aufgebrachter Zustand einen tiefer liegenden Grund haben müsse. Doch selbst nach einem langen Gespräch stellte sich nichts Neues heraus, außer dass Carolina von Zeit zu Zeit von einer Angst überfallen wurde, der sie nicht entrinnen könne, eine ursprüngliche, übermächtige Furcht vor der Welt, wie sie mir das beschrieb, und da begriff ich, wovon sie sprach, und gestand ein, dass es mir manchmal ähnlich erging, unerwartet, meist, wenn ich mich gerade auf den Weg machte oder bereits unterwegs war, und wir hielten uns an den Händen, hörten von den Ängsten des anderen, und ich trank ein Glas Leitungswasser auf einen Zug leer und brachte Carolina ein zweites.

Bubu

Ich habe meinen Namen geschrieben. Dass ich meinen Namen geschrieben habe, damit fing es an. Sorgfältig, nicht so schluderig wie sonst, auf Lolas Tasse. Sie war bereits leer, ich malte ihn auf die Stelle, an der sie die Untertasse berührt, ein wässrig brauner Tropfen rann über meinen Daumen, und ich leckte ihn ab, obwohl ich keinen Kaffee trinke. Lola hatte mich wieder mit *Simon* angesprochen – Simon ist ihr Freund. In meiner Gegenwart plaudert sie gerne über ihn, und ich möchte sie nicht darauf hinweisen, weil ich ihre Begründung fürchte und weiß, dass ich nichts darauf erwidern kann.

Lieber schreibe ich meinen Namen auf ihre Tasse.

Am nächsten Tag, als wir das Café betreten, beunruhigt mich die Vorstellung, der bullige Kellner könnte mich wegen der beschmierten Tasse zur Rechenschaft ziehen. Er baut sich vor mir auf – *Schmierfinken haben hier nichts zu suchen!* – und schleudert mir einen seiner weißen Stoffhandschuhe ins Gesicht, meine Wange brennt, er wirft sich auf mich, seine Faust prallt gegen meine Nase, Flaschen und Gläser zerspringen auf dem Parkett, alles kaputt, Lola schaut uns schockiert zu, und schlussendlich küsst sie ihn, den Kellner mit dem Siegerlächeln.

Ich wüsste gerne, wie sich das anfühlt, so ein Siegerlächeln.

Doch der Kellner beachtet mich nicht einmal. Erst als Lola sich suchend umblickt, kommt er zu uns und deutet auf einen Tisch (mit einer nackten Hand ohne Handschuh). Ehe ich reagieren kann, rückt er ihr demonstrativ den Stuhl zurecht, und Lola bedankt sich, indem sie zwitschert: »Oh, wie galant.«

Es ist das erste Mal, dass sie dieses Wort in meiner Gegenwart verwendet. Die Blicke der anderen Gäste bestätigen: Auch sie halten den Kellner für einen Gentleman. (Was sie von mir halten, verraten sie nicht.)

»Simon?«, fragt Lola. »Was trinkst du?«

Eigentlich stört es mich gar nicht, wenn sie mich so nennt, eigentlich möchte ich nur hier sitzen, ihr freundlich zulächeln und verständnisvoll nicken, während sie mir davon berichtet, dass Simon sie letzte Nacht erst gegen eins angerufen hat. Das ist schon sehr viel, eine ganze Menge, ich genieße das, und ich kann mich nicht beschweren, immerhin könnte ich auch draußen vor der Unibibliothek herumlungern, wie diese Verlierer, die mit in Falten gelegter Stirn vorgeben nachzudenken, obwohl sie sich nur nach einer Frau sehnen, und deshalb bin ich schon ziemlich glücklich. Aber sie merkt nicht einmal, was sie sagt, sie entschuldigt sich nicht, hebt auch keine Hand erschrocken vor den Mund, fährt stattdessen fort mit ihrer schwammigen Predigt über die »Liebe unter Seelenverwandten« und das »Leid der Liebenden«. Und das lässt mich eine weitere Tasse beschriften. Bei einem Namen mit zwei Silben geht das recht schnell, selbst wenn ich ihn gut lesbar aufzeichne; außerdem schenkt mir Lola ausreichend Gelegenheiten, da sie in regelmäßigen Abständen die Toilette aufsucht. Mit einem roten Filzer signiere ich das Porzellan dort, wo die Tasse mit der Untertasse abschließt. Es sieht gut aus, es sieht besser aus als zuvor.

Als Kind konnte ich meinen Namen nicht aussprechen. Alle Bitten und Versuche meiner Mutter waren vergebens, sie offerierte mir saure Guttis und Negerküsse und Fernsehen bis neun Uhr, es half nichts, ihr Clownsgrinsen, eine Nachahmung der Zirkusplakate von frappierender Ähnlichkeit, bohrte sich in meine Augen, und sie wollte unbedingt, dass ich meinen Namen sagte. Doch für mich war das keine große Sache, es war sogar eine recht einfache Sache, ich erwiderte ihr Grinsen und sagte schnell, nicht ohne Stolz: »Bubu.«

Wäre ich dafür nicht noch viel zu jung gewesen, man hätte annehmen können, ich hätte ihr meinen Namen bewusst verwehrt, weil es sie so herrlich zur Verzweiflung brachte. Sie schüttelte den Kopf, raufte sich das Haar und beugte sich wieder zu mir herab. Nein, sagte sie, nein, das ist nicht dein Name, wie heißt du, sag es mir, wie – »Bubu!«

Bubu stand für diese Zeit: Kaugummis mit Sammelbildchen beim Bäcker, Räuber und Gendarm hinter der verfallenen Schreinerei, mit Seilen spielen, sie über den Körper gleiten lassen, so tun als wären es Schlangen, freundliche Schlangen, die nichts anderes wollen, als über den schmalen, nackten Oberkörper eines Jungen zu gleiten, und das Bauernmädchen von nebenan mit den hübschen Füßen und der groben Stimme heimlich beobachten; das alles war Bubu. Und es war auch: Papa abends nach der Arbeit empfangen, ihm beim Abendessen zusehen, ihn in den Spielzeugladen zerren, auf das Playmobilpiratenschiff deuten und *Biiiiitte* sagen, mit Mutter Margeriten eintopfen und an Samstagen mit dem Mädchen von nebenan *Gras abstecka* gehen, das war ich, Bubu.

Meine Mutter wusste das nicht, sie nahm an, sie würde gegen meinen Willen ankämpfen, doch den hatte sie längst überwunden, es war meine Kindheit, die sie besiegen wollte, gebündelt in Zwillingssilben, gebündelt in Bubu.

Daran denke ich, bis Lola von der Toilette zurückkehrt. Ein Schmunzeln kann ich nicht unterdrücken – wird sie mich entdecken? Ich bin auf ihrer Tasse, sie berührt mich beinahe, ihr kleiner Finger steht ab, als sie die Tasse hebt. (Lola ist die einzige Frau mit einem abstehenden kleinen Finger beim Kaffeetrinken.) Doch zu früh setzt sie sie wieder ab, und ich muss weiter warten.

»Weißt du, auf den Klos hier ist immer was kaputt.«

Lola sagt oft *Klo*. Dabei kann ich mir sie nur auf einer Toilette vorstellen – nein, tatsächlich kann ich sie mir auf gar keiner Toilette vorstellen. Lola besitzt keinen Verdauungstrakt, Lola isst nur, um nicht aufzufallen.

»Die sollten mal deinen Vater herbestellen.«

Eines der wenigen Details mich betreffend, das Lola behalten hat. Mein Vater vertritt *SISTOP*, eines der weltgrößten Unternehmen für Klobrillendämpfer. Das sind jene Gummiknöpfe, meist zwei, in gehobeneren Kreisen sogar vier, die an der Unterseite der Klobrille befestigt sind und verhindern sollen, dass diese allzu wuchtig gegen die Kloschüssel prallt. Ich sehe mich nicht in seiner Nachfolge, so erfolgreich er auch ist, so ertragreich es auch sein soll. Die größte Belohnung dafür, mich gegen diesen Weg entschieden zu haben, besteht darin, dass ich nicht mehr in Schweretsried lebe, einer Kleinstadt im Alpenvorland, die erst seit einem halben Jahrhundert existiert, in den Fünfzigerjahren fix gegründet als Unterschlupf für Flüchtlinge aus Osteuropa nach dem Zweiten Weltkrieg, und deren größter Arbeitgeber, *SISTOP*, die Hälfte der Gemeinde beschäftigt. Stattdessen darf ich Lola in unserer Mittagspause gegenübersitzen. Nach einem halben Jahr Plackerei als Praktikanten, schuften wir nun beide als Mitarbeiter auf Probe bei *K&P Commercial.* Simon stellt den Juniorpartner in eben dieser Produktionsfirma, aber das Gute an einem Juniorpartner ist, man sieht ihn selten. Meist braust er, in einem silbernen Jeep Cherokee, zu Terminen mit ergrauten Herren, die allesamt eierschalenfarbene Pullunder tragen und ihren Kindern jederzeit ein Pony oder ein Haus auf Mallorca spendieren könnten, sollten sie dazu in der Stimmung sein. Einer dieser Männer ist Simons Vater, die anderen verhandeln über Produktwerbung im Namen von Henkel, Telekom, McDonald's.

»Warum rufst du meinen Vater nicht an?«, sage ich herausfordernd zu Lola und lege mein Mobiltelefon auf den Tisch.

Eine Mischung aus Sympathie und Neugier blitzt in ihrem Blick auf. Sie mustert mich einen Moment lang – Streicheleinheiten für meine Seele – und grapscht dann nach dem Telefon.

»Wie heißt er?«, fragt sie.

»Rate mal.«

Darauf streckt sie mir die Zunge heraus, lächelt, legt rasch das Telefon zurück.

Und was zum Teufel bedeutet das nun?

Antwort A: Sie will meinen Namen nicht in den Mund nehmen.

Antwort B: Sie kann es nicht.

Antwort C: Das ist ihre Art zu schäkern.

Mit ähnlichen Rätseln schlage ich mich nun bald seit einem Jahr herum. Kennengelernt habe ich Lola zu Beginn meiner Anstellung bei *K&P Commercial.* Damals hatte ich mich auf eine Praktikantenstelle beworben, in der heimlichen Hoffnung, über die Werbebranche Kontakte zum Fernsehen knüpfen zu können, dem mein eigentliches Interesse galt. Werbespots zu produzieren, war in meiner Karriereplanung bisher nicht vorgesehen, doch irgendwo musste man schließlich anfangen – ein typisches Dilemma für einen Sechsundzwanzigjährigen wie mich, der sein Studium der Kommunikations- und Medienwissenschaft ohne großes Tamtam und mit durchschnittlichem Zeugnis abgeschlossen hatte.

Es war mein erster Tag, und der Geschäftsführer, Simons Vater, zeigte mir soeben die Akquiseabteilung, meinen künftigen Arbeitsplatz. Als wir eines der rundum verglasten Büros betraten, deutete er auf eine junge Frau, die, breitbeinig in einem Sitzsack hockend, Visitenkarten abtippte, und stellte sie als »die andere Praktikantin, Lola, gell?« vor. Er senkte die Stimme und erklärte, Lola sei eines jener »Mädels« Mitte zwanzig, die sich, trotz lückenhafter Vita und abgebrochener Ausbildung, mit einem herzerweichenden Lächeln im richtigen Moment überall eine Stelle angeln konnten, womit er der Wahrheit, zumindest was Lola betraf, bemerkenswert nahekam. Zu diesem Zeitpunkt war sie schon viermal mit seinem Sohn ins Bett gehüpft.

Lola und ich nickten uns kurz zu, Leidensgenossen, die einander erkannten; und dieses Quäntchen Solidarität flößte mir ein wenig Mut ein. Nachdem er sie angewiesen hatte, mir einen Willkommensdrink (Cola mit viel Eis) zu »mixen«, ging er gleich dazu über, mir einzubläuen, ich solle mich nicht über harte Kritik in der Anfangsphase wundern, in dieser Firma breche man die Neuzugänge, bevor man sie aufbaue. Ich nickte und nippte an der Cola, die so kalt war, dass mir die Zähne schmerzten; in Gedanken formulierte ich allerdings schon mein Kündigungsschreiben. *Gebrochen werden* war keine Disziplin, in der ich mich beweisen wollte.

Übrigens nenne man ihn einfach Chef, erläuterte er mir und wies auf den »satten Umsatz« seiner Firma hin: »Wir machen mehr als zwanzig im Jahr.«

Erst beim zweiten Hinsehen fiel mir auf, dass Lola hinter seinem Rücken Grimassen schnitt. Ihre vollen Lippen stülpte sie um, verengte die Augen und riss mit beiden Daumen ihre Nasenlöcher auf. Das Ergebnis: die hübscheste hässliche Fratze, die mir je untergekommen war. Der Chef registrierte mein Lächeln. Auch er gewinne der Werbeindustrie von Zeit zu Zeit durchaus etwas Albernes ab, sagte er, immerhin gebe es keinen handfesten Beweis dafür, dass die Leute sich ein Waschmittel deshalb besorgten, weil ein engagierter Schauspieler im Fernsehen ihnen *weiß mache* – hier lachte er kurz auf –, es sei das einzig Richtige, um ihre Klamotten sauber zu kriegen. Nun schob Lola ihren Unterkiefer nach hinten, entblößte die Oberreihe ihrer Zähne, schielte und rümpfte die Nase. Mit einem Ruck drehte sich der Chef zu ihr um. Doch sie war schneller. Schon hielt sie wieder eine der Visitenkarten in der Hand und starrte diese konzentriert an. Als er sich mir erneut zuwandte, hoffte ich, dass in meiner mühsam aufrechterhaltenen Miene genügend Ernst übrig war, um seinen Verdacht zu zerstreuen.

Offenbar.

Kameradschaftlich klopfte er mir auf die Schulter, schickte vielsagende Blicke in Richtung Lola und forderte mich auf, »das Terrain zu erforschen«, bevor er mich mit ihr allein ließ. Kaum war er aus der Tür, legte sie die Visitenkarten beiseite.

»Will der fesche Bub einen Kaffee mit mir trinken?«

Aus ihrem Mund klang das nicht wie eine Frage, vielmehr wie eine Forderung, und so antwortete ich auch nicht, sondern folgte ihr, das Verfassen meiner Kündigung bis auf Weiteres verschiebend, widerspruchslos zum Café.

Ein Jahr später und auf dem Nachhauseweg stelle ich mir, routinemäßig, die ewig gleiche Frage, in den ewig gleichen abgewandelten Formen: Was ist das eigentlich zwischen Lola und mir? Eine Freundschaft? Eine freundschaftliche Beziehung? Eine Beziehung?

Lolas Augen haben die Farbe von grauen Wolken, bei denen man nicht weiß, ob sie Regen bringen. Ihre Ohren sind lang und spitz, Eiszapfenohren. Ich glaube, sie ist sich dessen durchaus bewusst, ihr beeindruckendes schwarzes Haar kämmt sie drüber und nie steckt sie sich eine Strähne hinter die Ohren. Ich würde sie auch mit nacktem Haupt nehmen; ließe man sie deshalb bei *K&P Commercial* fallen, ich würde sie auffangen, ihr mein Geld, meine Unterstützung, mein Leben anbieten, mich würde ihre Glatze nicht stören, sie wäre nur etwas mehr Haut, und mehr Haut wäre wunderbar.

Generalkonferenz am Morgen darauf. Die Mitarbeiter sitzen an einer langen Tafel, schlürfen Kaffee und blättern stoisch in ihren Unterlagen. Das hereinfallende Sonnenlicht macht insbesondere den Nachteulen im Team zu schaffen und hebt die Fingerabdrücke auf den vom Boden bis zur Decke reichenden Fensterscheiben hervor. Den sonst freien Stuhl zu meiner Linken besetzt Matias Fiz, Leiter der Werbeagentur *FIZ*, mit der die *K&P Commercial* oft zusammenarbeitet. Fiz ist Ende dreißig und so anonym gut aussehend wie viele schlanke, braun gebrannte und groß gewachsene Männer in seinem Alter. Dass er an einer Konferenz teilnimmt, anstatt mit Simons Vater essen zu gehen, kam bisher nie vor, allerdings wird bereits seit Längerem von einer bevorstehenden Fusion gemunkelt.

Als sich Fiz erhebt, mit einem deutlichen Räuspern, verebbt das Rascheln der Blätter. Er nimmt seinen Stuhl und setzt ihn behutsam ein Stück weiter hinten wieder ab. Dann lässt er einen Augenblick verstreichen, ehe er der Runde ein charmantes Lächeln schenkt.

»Eine Marke, die funktionieren soll, braucht einen guten Namen.«

Stumm lässt er seinen Blick durch den Raum schweifen.

»Binsenweisheit, denkt ihr vermutlich, aber alle hier werden mir doch zustimmen, dass es eine äußerst schwierige Angelegenheit ist, einen guten Namen zu finden, immerhin kann von uns Werbefuzzis jeder Kollegen nennen, die verzweifelt sind auf der Suche nach einem guten Namen, einem hervorragenden, treffenden, im Idealfall einzigartigen Namen, wie zum Beispiel RAMBO, bei dem ich mir gar nicht vorstellen möchte, wie lange die Macher sich gemartert haben, bis sie auf diesen Titel kamen, RAMBO. Er vermittelt doch wirklich alles, was man für eine erfolgreiche Actionfigur braucht: Stärke, Entschlossenheit, Größe. Oder man denke an HARRY POTTER, lässt das nicht die Kinderstimme in unserer Seele schwingen, zwei Wörter mit zwei Silben, herrliche Ausgeglichenheit. Verwende nie Namen mit ungerader Silbenzahl, sagte mir schon mein erster Chef, die Menschen sehnen sich nach dem Doppel, nach einer Balance, sie leben, essen, lieben am besten zu zweit, sie suchen nach Harmonie in allen Dingen, die ihnen im Alltag begegnen. Einzige Ausnahme besteht in der, wie ich sie nenne, Kraft des Ego, also einsilbige Namen, die können äußerst mächtig sein, ich denke da etwa an BUSH oder CHE oder GOTT, diese perfekten Namen sprechen das Bedürfnis der Leute an, allein zu stehen, oder am besten gleich über allen, das sind wahre Egopusher, hier befinden wir uns schon in der Oberklasse der Namen, die kann sich jeder merken, Grips braucht man keinen, um sie zu behalten, und das ist der allerallerwichtigste Aspekt bei Namen: Sie müssen unabhängig von jeder intellektuellen Anspielung oder Tiefe funktionieren. Menschen sind von Natur aus dumm, Menschen verstehen Namen nicht, Menschen behalten sie oder vergessen sie, *keep it simple* heißt darum die Devise – womit ich selbstverständlich nicht unterschlagen will, dass ein guter Name auch den Faktor X liefern sollte, etwas Besonderes, sein ganz eigenes Stückchen Originalität, die ihn von den meisten, im Idealfall von allen anderen unterscheidet. Denn so kurz und prägnant HANS MÜLLER vielleicht klingt, von denen gibt es zu viele da draußen, jeder von uns kennt einen HANS und/oder einen MÜLLER, verwechselbar darf der Name unter keinen Umständen sein, der Fokus liegt auf kurz und prägnant, das kann man gar nicht oft genug betonen, und bitte, kommt mir jetzt nicht mit Beispielen wie CHRISTINA AGUILERA, bei der keiner weiß, wie man sie schreibt; für mich wäre das ein No-Go gewesen, jeder blutige Anfänger weiß: Wen man nicht ohne Weiteres googeln kann, der ist ruckizucki weg vom Fenster (und selbst die AGUILERA, oder wie sie heißt, hätte zweifellos mehr Platten verkauft, wenn sie sich, lasst mich kurz überlegen, einfach die AGU genannt hätte). Nur manchmal sind die Produkte, die wir verkaufen, eben lebendig, und das erleichtert unser Dasein als Kreative nicht gerade.

Eines sollte man jedoch nie vergessen: Wir wachen jeden Morgen auf und wissen, dass wir in einer Welt leben, der wir ihre Form geben, wir sagen den Leuten, was sie essen, worin sie fahren, wie sie reden sollen, wir schenken den Menschen die Sprache. Und der Name, den ich euch nun präsentiere, funktioniert nicht nur, nein, er leistet weitaus mehr als all das, wovon ich eben gesprochen habe, denn er wird unsere zwei Unternehmen zu einer kraftvollen neuen Einheit verbinden und ihr auf diesem Weg eine Seele einhauchen, die selbst in stürmischen Zeiten so bedingungslos für die Liebe zu guten Namen stehen wird wie keine andere.«

Stille – bis auf meinen einsamen Kugelschreiberklick.

Plötzlich drückt Fiz auf die Fernbedienung in seiner Hand, worauf ein an der Decke montierter Beamer eine serifenlose Schrift in Fettbuchstaben, die selbst das Sonnenlicht nicht trüben kann, auf die weiße Projektionsfläche hinter uns wirft:

YOU – ein Unternehmen der FIZ und der K&P Commercial

Simons Vater klatscht zuerst, hurtig folgen alle anderen – auch ich, um nicht aufzufallen – seinem Beispiel. Am liebsten möchte ich davonlaufen. Fiz, der sich neben mir verbeugt, lenkt jedoch zu viel Aufmerksamkeit auf unsere Tischseite. Seine makellos pfirsichbraune Stirn glänzt. So sieht Glück aus. Ob er das auch empfinden wird, nachdem er meinen kurzen und prägnanten Namen entdeckt hat, bezweifle ich allerdings. Während der Rede habe ich ihn in den Tragriemen seiner ledernen Aktentasche eingeritzt.

Lola lädt ein. Kurz vor der Mittagspause schwört sie: ein besonderes Ereignis. Freitagabend um acht, Feier unter Freunden.

»Wer kommt denn?«, frage ich.

Sie küsst mich schmatzend auf die Wange (nichts Neues, rechts bevorzugt sie, links eher selten) und fährt mir durchs Haar – das ist ungewohnt.

»Simon, ein paar Leute aus der Firma. Du hast doch Zeit, oder?«

»Muss noch mal in den Terminplaner gucken.«

»Toll!« Sie schlägt sich selbst auf den Hintern und verlässt mein Büro mit quälender Langsamkeit, schwingt ihren Körper zur einen, zur anderen Seite, die Technik der Zeitlupenbewegung beherrscht sie ausgezeichnet, entweicht durch die Tür, verflüchtigt sich schleppend. Das Klatschen der feingliedrigen Hand auf der Jeansrundung hallt nach und verhindert, dass ich die mir aufgetragenen Aufgaben vor zehn Uhr abends fertigstelle. Ehe ich das Büro verlasse, kritzle ich meinen Namen dort auf das Holz, wo die Tür mit dem Türrahmen abschließt.

Die Vorstellung von einer »Feier unter Freunden« lässt mich in dieser Nacht keinen Schlaf finden; ich arbeite daheim bis zum Morgengrauen und stelle fest: Das Entwerfen eines Drehplans für einen Schokoriegelwerbespot in den Alpen vermittelt ähnliche Trostlosigkeit, wie seinen Namen auf einer Untertasse zu hinterlassen – wem sollst du denn auffallen?

Eine lila Kuh schwebt auf mich zu. Ihrem entsetzten Muhen nach zu urteilen, behagt ihr das Fliegen nicht sehr. Sie baumelt an zwei Riemen, die Beine merkwürdig nach allen

Seiten weggestreckt, den Schwanz mit schwarzem Klebeband fixiert.

»He, du Stier!« Simon tritt neben mich und patscht mir mit seiner Hand auf die Schulter. »Deine Freundin sieht irgendwie krank aus. Ich finde, du …« Den Rest verschluckt der Propellerlärm, als der Helikopter, der die Kuh unter sich trägt, langsam an Höhe verliert und unseren Werbestar sanft auf der Wiese absetzt. Ein Tierarzt und zwei unserer Praktikanten eilen herbei, um die Schnallen zu lösen, danach entfernt sich der Helikopter wieder. Der Tierarzt füttert die Kuh mit Beruhigungsmitteln und führt sie dann zum eigens dafür engagierten Bodypainter, der mit klitzekleinen Pinseln hier und da noch Verbesserungen an ihrer lila Ganzkörperbemalung vornimmt. Auf Nachfragen hin habe ich erfahren, dass einer psychologischen Studie unseres Arbeitgebers zufolge eben diese Farbe beim Menschen das Verlangen nach Zucker fördert, was ich für meinen Teil nicht bestätigen kann.

Simon will von mir wissen, ob ich hier oben in den Alpen, auf beinahe zweitausend Metern Höhe, Heimatgefühle empfinde. Offenbar hat ihm jemand gesteckt, dass ich in einem *Kaff* – wie er sagt – aufgewachsen bin. (Ich habe einen starken Verdacht, wer.) Nun könnte ich ihn darauf hinweisen, dass Schweretsried mindestens eine Stunde mit dem Auto von den Alpen entfernt liegt. Ich könnte ihm vermitteln, wie schummerig mir im Augenblick ist, da ich Höhenangst zu meinen angestammten Schwächen zähle und deshalb gerade gerne auf Small Talk verzichten würde. Oder ich könnte genauer auf Heimatgefühle eingehen – was löst sie aus, existiert überhaupt so etwas wie Heimat, und sind diese Gefühle, falls man überhaupt welche empfindet, nicht naturgemäß gemischt?

Stattdessen bewundere ich seinen bronzefarbenen Mp3-Player, dessen Kopfhörer er sich soeben in die Ohren stöpselt, und frage, ob er damit auch Videoclips abspielen kann.

Kann er.

Nachdem wir eine Weile stumm auf das Display gestarrt haben (Carla Bruni umarmt säuselnd ihre Gitarre), greift Simon in seine Brusttasche, holt ein ebenfalls bronzefarbenes Mobiltelefon hervor und dreht mir den Rücken zu. Zweimal hintereinander schlägt sein Versuch fehl, sich mit *Süße* Gehör zu verschaffen, bevor es ihm mit *Schatz* gelingt.

»Grüß mir Lola«, rufe ich ihm zu, und er schenkt mir einen verstörten Blick, als hätte ich ihr unter den Rock geschaut.

Ich trolle mich zum Rest des Teams, das noch damit beschäftigt ist, das Equipment für die Dreharbeiten aufzubauen. Jemanden anzusprechen und meine Hilfe anzubieten, darauf verzichte ich lieber, die angespannten Gesichtsausdrücke und gezischten Flüche sind Warnung genug. Im Catering-Zelt wurden auf einer Bierbank Schokoriegel pyramidal aufgetürmt. Mango-Senf, Chili-Banane, Papaya-Vanille. Kein einziger mit Vollmilch. Also nehme ich vorlieb mit einem Mettwurstbrötchen und spüle es in – dank Früchtetee – weichen Brocken hinunter. Den Himmel überzieht entgegen der Wettervorhersage ein sahnig wirkender Wolkenschleier. »Kein Problem für uns; wozu gibt's digitale Nachbearbeitung.« Aus dem Zelt der Maske weiter oben am Hang tritt ein Mann in Lederhose mit angeklebtem Greisenbart, der an Heidis Großvater erinnern soll. Er spielt die Hauptrolle im Werbespot. Auf der mehr als dreistündigen Fahrt hierher durfte ich ihn chauffieren und mir von ihm vorrechnen lassen, wie wenig ein Schauspieler heutzutage gewürdigt wird beziehungsweise verdient. (Das Größenverhältnis von seinem Lohn zu meinem gleicht in etwa dem von Schweretsried zu einem Bergdorf.) In seinen Händen hält er Wanderstiefel und lose Schnürsenkel. Als er mich entdeckt und auf mich zugehen will, tue ich so, als würde mein Mobiltelefon klingeln, und mache ihm mit Gesten klar, der Anruf sei äußerst wichtig, während ich mich eilig entferne.

Die Kuh wurde mit einem Seil an zwei in die Erde gerammte Heringe gebunden. Sie scheint nun gelassener zu sein. Ein Maulkorb soll verhindern, dass sie Gras frisst und sich die weiß geätzten und gebürsteten Zähne verfärbt. Ich sehe mich um – niemand achtet auf mich – und tätschle den lila Bauch. Erstaunlich fest. Der weiße Schriftzug darauf ist aus geringer Entfernung kaum lesbar; ich würde ihn gerne durch meinen eigenen ersetzen. Ihr Fell ist borstig und angenehm warm. Sie rollt mit den Augen, blinzelt und sieht mich ungläubig an, stößt mehrmals hintereinander Luft aus. Und ich fahre nun mit beiden Händen durch ihr Fell, meine, frische Milch zu riechen, und Heu. Ich berühre sie seitlich mit dem Kopf, lege meine Wange auf ihren Bauch und höre Blubbern und ihren Herzschlag. Von Höhenangst keine Spur mehr. In mir wächst Unruhe, ich spüre das Bedürfnis, ihr etwas mitzuteilen, ein Geheimnis, von dem niemand etwas weiß; aber mir fällt nicht ein, was das sein könnte. Fantastisch, wie übergroß sie ist, dagegen komme ich mir mickrig und dreist vor, unverschämt. Wie kann ich es zulassen, dass so ein prächtiges Tier bepinselt wird!

Ich gehe in die Knie, tue als ob ich mir die Schuhe binden würde, fummle an dem Knoten des Seils herum, bekomme ihn nicht auf, reiße an den Heringen, falle auf den Rücken, rapple mich gleich wieder auf, zupfe mit den Fingernägeln am Seil, bis es sich doch löst, rutscht, durch die Ösen fließt, dann herrlich frei am Maulkorb baumelt und ich es schnappe, um sie wegzuführen.

Wohin?

Erst einmal fort von hier.

»Danke«, sagt der Tierarzt, als er mir das Seil aus der Hand nimmt, »für den Scheißknoten hätt' ich ewig gebraucht«, und zieht die Kuh seelenruhig zum Set, vor die gewaltigen Sonnenblenden.

Mit Lola zu telefonieren, ist so eine Sache. Ich mag es, nach einem Tag mit lila Kuh in den Alpen vor dem Schlafengehen noch einmal ihre Stimme zu hören, doch scheine ich für sie so etwas wie ein Anrufbeantworter zu sein, dessen Tonband kein Zeitlimit kennt. Selbst Wochen nach unseren Gesprächen weiß ich noch, über welches durchsichtige Oberteil von welcher Freundin aus welchem Stadtviertel in welcher Clubnacht nach welchen Drinks sich Lola mokiert hat. Sie stopft mich voll mit all diesem sinnlosen Wissen, und ich kann nichts dagegen tun.

Außer meine Eltern anzurufen. Allerdings nicht, um mit ihnen zu sprechen. Sie gehören zu den Menschen, die sich nicht damit zufriedengeben, von vergangenen Reisen zu schwärmen, meine Eltern üben sich in einer Art Urlaubswahrsagen und beschreiben vorzugsweise anstehende Reisen. Ob man will oder nicht. Mit dem *Pride of Africa* durch die Steppe gondeln, ein paar Wochen als Gast auf einem Eisbrecherpostschiff die Fjorde abklappern oder ein Kurztrip nach Cork zum *St. Patrick's Day*. Selbstverständlich gönne ich ihnen das, nur mag man sich oft einfach nicht anhören, an welche exotischen Orte es sie verschlägt, besser: verschlagen wird, während man selbst am nächsten Tag

Merchandisingprodukte im Keller von *K&P Commercial* aussortieren soll.

Entspannung finde ich auf andere Weise. Sobald meine Eltern bei dem Satz »Und dann geht's zurück nach Hause« angelangt sind, beglückwünsche ich sie zu ihrem Reiseprogramm und bitte sie – wie immer –, das Fenster zu öffnen und den Hörer auf der Ablage liegen zu lassen. Inzwischen fragen sie nicht mehr, wieso oder ob es mir gut geht. Sie haben begriffen und wissen, durch diese unscheinbaren, winzigen Löcher im Hörer kann eine ganze Welt fließen und fortspülen, was auch immer sich im Kopf festgesetzt hat.

Ich schlüpfe unter die Bettdecke, schalte die Lampe aus, klemme das Telefon zwischen Kopfkissen und Ohrmuschel und schließe die Augen. Draußen rufen Mauersegler und werden von Schwalben unterbrochen. Der Verkehr auf der nahen Landstraße übertönt beide und kündigt die letzten Heimkehrer an. Irgendwo mäht jemand seinen Rasen. Gartentore werden zugeschlagen. Ein Kind ruft … meinen Namen?

Wenn mir bewusst wird, dass auf einen solchen Arbeitstag nur der nächste folgt, ohne Alternative, kommt es mir vor, als gäbe es keinen Ausweg und mein ganzes Leben wäre vorbestimmt und so unwiderruflich geplant wie die Reisen meiner Eltern, die nie eine Rücktrittsversicherung abschließen, derart kompromisslos verfolgen sie einen einmal gefassten Entschluss, und dann wünsche ich mir, ich könnte wie ein Besinnungsloser die Woche über durchschlafen und immer erst Freitagabend aufwachen, mehr als achtundvierzig Stunden eigene Zeit vor mir und weitest möglich entfernt von dem Augenblick, in dem mich der Wecker das nächste Mal zur Arbeit ruft.

Freitagabend um Viertel nach sieben stehe ich vor Lolas Haustür. (Ausgemacht war acht.) Ich umrunde zweimal den Häuserblock, bemühe mich zu schlendern, laufe dann die letzten Meter, Schweiß bricht aus, ich blase Luft unter mein Hemd. Ein Jugendlicher rülpst und zieht sich das Käppi ins Gesicht, als wir einander passieren. Ich halte Abstand. Dann ist es halb acht, mehrmals lese ich das Etikett des Rotweins, dessen Hals eine rote Schleife ziert. Als ich schließlich die Klingel drücke, kann ich die blumige Beschreibung der angeblich traumhaft romantischen Landschaft, aus der er stammt, auswendig.

Handy nicht dabei – das fällt mir als Erstes ein, als niemand auf mein Klingeln antwortet. Ich buchstabiere Lolas Nachnamen und drücke erneut das weiße Plastikauge. Wo mein Telefon liegt, weiß ich genau, gleich rechts auf der Anrichte, wenn man meine Wohnung betritt, der Bildschirm dunkelblau, jene nervenaufreibend heitere Volksmelodie, die ich mir ständig vornehme zu ändern, verlangt nach mir, die Mailbox, Lolas einsame Stimme: *Hallo du. Die Feier entfällt. Kann ich dich besuchen?* Und darauf folgt das Klick, weil ich nicht rangehe, sondern hier stehe, ein lebendiges Accessoire der Straße, während Lola ein gewisses bronzefarbenes Mobiltelefon anwählt, enttäuscht, aber besser als nichts. Immerhin.

»Halloho!«, grüßt es krachend durch die Fernsprechanlage, gleich der röhrenden Stimme eines Showmasters, der einen Gast auf die Bühne ruft, einen Gast bei *Vorsicht Kamera*.

»Lola?«

»Ne, hier is …«

Das Surren der Tür unterbricht.

Alle sind da. Ich bin zu früh. Und doch sind alle da. Silvia, Klaus, Christoph, Andrea. Jacob schwitzt in seinem fusseligen Lieblingsrolli, trinkt Wodka und schneidet grüblerische Grimassen; die Zipfelmütze inklusive Doppelbommel in der Garderobe geht auf sein Konto. Ferdinands Haarschnitt erinnert an Brad Pitt, auch wenn er vorgibt, den nicht zu kennen. Das Duo Sören und Tatjana raucht etwas abseits. Worüber auch immer sie glucksen, es war großartig, hervorragend, brillant, so viel lassen sie jeden im Zimmer wissen. Jörn lästert mit Eva über Ferdinands Haarschnitt. Ein ausladendes Buffet nimmt die Hälfte des Wohnzimmers ein, Ruccolasalat, mit Senf verzierte hart gekochte Eier, Datteln im Speckmantel, sogar überbackene Austern. Franziska kann ich nirgends sehen, vermutlich würgt sie auf der Toilette. Wo ist Lola? Und wo ist Simon? Wo ist das Schlafzimmer?

Zuerst muss ich alle herzlich begrüßen. Ich werde geküsst, umarmt. *Wie schön, dass du da bist. Haben auf dich gewartet. Endlich. Freut uns. Total. Endlich!* Ich trinke ein Glas Champagner. (Wenn ich aufgeregt bin, und das bin ich, trinke ich zu viel.) Ich kippe noch eins, ehe ich mich mit einem dritten als Wegration auf eine Suche mache, die nicht lange währt. In der blassgrünen Küche lehnt Lola an Simon. Nickend unterhalten sich beide mit einer Frau, deren brünetter Schopf bis zu den Kniekehlen reicht. Lolas Beine stecken wie immer in einer Jeans, diesmal mit Regenbogenglitzer an den Oberschenkeln, Simons Hand bewacht die Plastikjuwelen. Ich will die Küche verlassen, da ruft er: »He, du bist der Klobrillentyp, richtig?«

Es klingt, als wären wir uns noch nie zuvor begegnet.

Ich möchte lässig reagieren: »Der bin ich.«

Aber dann will ich »Hi« quaken.

Schließlich sage ich gar nichts, lächle und hoffe, das sieht ehrlich aus.

»Weißt du, ich nenn' ihn manchmal Simon«, kichert Lola. »Das tut mir so leid. Ich weiß auch nicht.«

»Muss die Liebe sein.«

Beide lachen, als würden sie etwas Klumpiges hervorwürgen. Die brünette Rapunzel sieht erst Lola an, dann Simon, dann wieder Lola, dann mich. Und wiehert. Im selben Moment beugt sich Simon zu ihr hinüber und flüstert ihr etwas ins Ohr, sein Atem bewegt eine ihrer Haarsträhnen. Rapunzel senkt den Kopf. Bilde ich mir ein, dass ihre Wangen rosa aufleuchten? Simons Hand entfernt sich nun von den Plastikjuwelen und fährt durch Rapunzels Haar. Ich schiebe meine Hände in die Hosentaschen und schenke Lola ein ermutigendes Lächeln, das sie nicht bemerkt, da sie soeben ihre Arme von hinten um Simon legt, ihren Kopf auf seiner Schulter platziert und sich an ihn drückt. Daraufhin flüstert er nun Lola etwas ins Ohr, worauf sie ebenfalls Rapunzel durchs Haar fährt. Simons aufeinandergepresste Lippen sind kaum zu ertragen; seine Hand taucht soeben in Rapunzels Nacken.

Dann schauen mich alle drei gleichzeitig an.

Lola schmunzelt: »Ob du dich wohlfühlst, hab ich gefragt!«

Ich weiche ihrem Blick aus: »Großartige Feier. Hervorragend. Echt brillant«, und verlasse schleunigst die Küche.

Die Mannschaft scheint nun vollzählig zu sein, da Franziska inzwischen zurückgekehrt ist. Sie klagt über Tinnitus, darüber, wie anstrengend der Dreh auf den Kanaren war – Hitze, Hitze, Hitze, Sand unter den lackierten Fußnägeln, Autos ohne Servolenkung. Mein Blick schweift durch den

Raum. Allgegenwärtige Eile. Jeder hier produziert sie wie Kohlendioxid, als wären wir alle nur kurz da, um rasch zu feiern, und dann schnell weiter, auf zur nächsten Veranstaltung, hopp, hopp, zum kommenden Event, danach ab ins Bett, schnell ficken, schnell schlafen aufstehen joggen duschen arbeiten essen scherzen trinken schlafen, schneller, schneller. In diesem Raum voller Menschen, deren beschleunigtes Leben sie davon abhält, am Ende eines Tages zurückzublicken und zu durchschauen, wie diese Welt, durch die sie sich unermüdlich wühlen, ihnen etwas aussaugt, das sie argloser, bedächtiger sein ließe, in diesem Raum bin ich ruhig, und es kommt mir vor, als würde ich plötzlich begreifen, was hier eigentlich abgeht. (Vielleicht habe ich aber auch bloß zu viel getrunken.)

Jeder hier, ob Anfang zwanzig oder Ende dreißig, gestikuliert, spricht und grinst wie ein Besessener. Sie wünschen sich, entspannte, gelassene Menschen zu sein. Sie wünschen sich das von ganzem Herzen. Und deswegen zieht es sie, wenn sie die Nase von diesem ewigen Gehampel voll haben, nach draußen oder auf die Toilette. Da kotzen sie, ziehen sich eine Line rein, loben ihr gestyltes Spiegelbild, sie fluchen, boxen in die Luft, kauen auf ihren Fingerspitzen und Lippen.

Auch ich gehe auf die Toilette – und da sofort in die Hocke, ziehe einen roten Filzer aus meiner Brusttasche, nehme die Kappe ab. Unter das Waschbecken, dort, wo das Abflussrohr ansetzt, schreibe ich meinen Namen, im Kreis, und frage mich, was wohl ein Grafologe meiner Unterschrift entnehmen würde.

Genau viermal passt mein Name um das Rohr.

Als Lola mit schriller Stimme um Aufmerksamkeit bittet, kontrolliere ich noch einmal mein Spiegelbild und folge dann ihrem Ruf.

»Also, Leute, wollt ihr nicht wissen, wieso ihr heute hier seid?«

Haus, Simon, Schwangerschaft, Flitterwochen.

»Wo ist denn Simon?«

Ich mache einen Schritt vorwärts, kann die Bewegung eben noch stoppen, ehe ich jemandem auffalle. Allein Lola wirft mir einen strahlenden Blick zu. Irre ich mich oder hätte sie nichts dagegen gehabt, wenn ich …

Da löst sich Simon aus der Gruppe der Umstehenden und umarmt Lola. Sie verschränkt die Hände ineinander: »Es stehen ja einige Veränderungen an. Wenn *FIZ* und *K&P Commercial* zusammengehen, heißt das – wie ihr wisst – totale Umstrukturierung. Und da wurde beschlossen, dass man auch neue Abteilungsleiter braucht. Zum Beispiel mich.«

Raunen und ein kollektives *Oh* erfüllt den Raum. Applaus folgt. Simon packt Lolas Kopf und schiebt seine Zunge zwischen ihre Lippen, Rapunzel pirscht sich heran und begutachtet den Kuss aus nächster Nähe. Franziska kreischt hektisch. Jemand hat die Musik aufgedreht: *Loosing my religion*. Ich trinke Champagner. Jörn stolpert korkenknallend aufs Büffet zu und wird von Christoph abgefangen. Nach der Verkündung lachen alle noch kantiger; insbesondere Tatjana und Andrea, die sich ebenfalls für den Posten beworben hatten. Ihre klaffenden Münder sehen aus, als wollten sie in etwas Saftiges hineinbeißen – ich flüchte ins Nebenzimmer.

Das Bett.

Sieht anders aus als in meiner Vorstellung, gefällt mir aber. Satinbettwäsche in Violett, der Stoff ist kühl. Darüber hängt ein Bild von einem nackten Mann, krakelig, als wäre er mit Wachsmalstiften gemalt worden. Eine orange Glühbirne verteilt schwaches Licht. In einem Eckregal verstauben etliche Bücher, vor allem Romane, sie sind ungelesen, so viel verraten sie – keine Narben am Buchrücken, das Knacksen des Leims, schlägt man welche von den älteren Exemplaren auf, nirgendwo Eselsohren. Hinter den Büchern finde ich eine Hörkassette mit Kinderliedern, gleich das Erste kenne ich; meine Mutter hat es mir oft als Schlaflied vorgesungen, in derselben Zeit, in der ich mich weigerte, einen anderen Namen zu akzeptieren als Bubu.

Unsere kleine Eisenbahn hält an keinem Bahnhof an.

»Was machst du denn da?«

Lola betritt das Schlafzimmer, schließt die Tür hinter sich.

Zuerst denke ich: Sie kommt zu mir, zieht mich an sich, wühlt sich mit mir durchs Satin.

Ich atme tief durch, blinzele, und sie bleibt zwei Bettlängen entfernt.

»Ich – ist ein bisschen laut. Draußen.« Ich deute auf die Tür, mein Finger zittert.

Einmal Sulzbach und zurück, hin und her in einem Stück.

»Find ich auch.«

»Nein, ich meine, es ist schön. Aber einen Moment Ruhe … tolles Bild.«

»Ein Aktbild von Simon. Sieht gut aus.«

»Hab ihn gar nicht erkannt.«

»Macht nichts. Zuerst ich auch nicht.«

Sie kennt jeden Stein am Weg, jede Schranke, jeden Steg.

Lola ist ruhig, auffallend ruhig, die aufreizende Langsamkeit bilde ich mir nicht ein, sie bewegt sich wirklich bedächtig, setzt katzenartig einen Fuß vor den anderen, so konzentriert, wie es kein nüchterner Mensch tun würde.

Ich denke: Sie kommt zu mir, fährt mir durchs Haar.

Wieder entfernt sie sich, teleportiert sich mit einem Trick zurück ans andere Ende des Zimmers.

»Stört sie dich nicht?«, frage ich.

»Was?«

»Diese Rapunzel.«

»Rapunzel?« Sie kichert. »Du meinst Desiree.«

Ich nicke.

»Denkst du, mit der kann ich nicht mithalten?« Blickkontakt. »Aber süß, dass du dir Sorgen machst.«

Mir fällt auf, dass sie mich nicht Simon nennt.

»Erinnerst du dich noch«, frage ich, »wie du mich genannt hast, als wir uns zum ersten Mal gesehen haben?«

Sie hakt ihre Daumen in der Jeans ein und meint, ein wenig mundfaul: »Weißt du was?« Pause. »Komm mal her.«

Jeden Bach und jeden Strauch, und die Menschen kennt sie auch.

Ich gehe zu ihr, sie kommt mir entgegen, wir treffen uns am Bettende. Das Licht flackert, sie streicht mir durchs Haar, ich streiche ihr durchs Haar, halte ihre Hüfte, fest, damit sie bleibt, wo sie ist, und sie greift nach Haut, und hält sie, hält sie, nimmt sich mehr, und das … das ist neu.

Das erste Gefühl am nächsten Morgen: Leere. Weit entfernt: der schwindende Dampf einer Lok, als höre man Rauch. Und näher: dumpfe Stimmen, Gescharre, Schlurfen. Ich wage zu blinzeln. Das Pochen in meinem Kopf wächst an. Mein Magen rumort. Zwischen meine nackte Oberschenkel bohrt sich ein Daumen mit gefeiltem, rosa lackiertem Nagel. Feuchter Atem in meinem Nacken. Überall Lolahaar. Mir ist heiß, und der Daumen piekst. Ich rutsche von der Bettkante auf den Boden. Ein leises Stöhnen von der Matratze.

Auf allen vieren denke ich: Bilde dir auf das hier bloß nichts ein.

Doch fühle ich mich glücklich, mein Kopf schmerzt zwar, und ich bin müde, aber nichts hindert mich daran zu lächeln.

Ich stolpere ins Bad. Am Fenster fliegt ein Vogel vorbei, es dämmert, draußen hängen grauschwarze Wolken am Himmel. Das Wetter hat übersehen, dass letzte Nacht etwas Besonderes geschehen ist. Ich schalte das Licht ein, spritze mir Wasser ins Gesicht, stoße versehentlich den Zahnputzbecher um.

Wieder im Schlafzimmer, bemühe ich mich, meine Klamotten zu finden, ohne Lola zu wecken, ohne sie anzusehen, damit ich auf keine dummen Ideen komme, Ideen wie: Ich könnte mich wieder an sie schmiegen, sie betrachten und berühren und weiterschlafen, ins Wochenende. Das Bett als Festung von Samstag und Sonntag. Wir verbarrikadieren uns im Schlafzimmer, ernähren uns von Traubenzucker aus ihrem Nachtschränkchen, vögeln, was das Zeug hält. Und die ganze Zeit über lächelt sie, kichert, küsst mich für jedes einzelne Mal, wenn sie mich Simon genannt hat.

Nachdem ich mich angekleidet habe, möchte ich mich verabschieden. Ich beuge mich über die schlafende Lola. Ihr Atem riecht nach Champagner – oder bin ich das? In meiner Manteltasche umschließt meine Hand den roten Filzer.

Ich schleiche durch die Wohnung. Die Reste des Buffets liegen neben den Platten und Tellern, graue Avocadostückchen und schlaffe Trauben. Simon kauert über einer Portion Fleischsalat, schiebt sich davon etwas trostlos mit einem Kuchenmesser in den Mund, bemerkt mich nicht einmal.

Ich gehe zu ihm, räuspere mich, nehme allen Mut zusammen und flöte unschuldig, ob er wisse, wo Lola steckt.

Er muss husten, lässt das Kuchenmesser fallen. Scheppernd landet es in der Glasschüssel. In Augenblicken wie diesen wundere ich mich doch immer wieder über meine Blödheit.

Da sieht er auf und ich kann nach Luft schnappen: Matias Fiz. Seine Pfirsichbräune ist einer kränklichen Blässe gewichen.

»Wasis?«, fragt er.

»Tut mir leid«, ich wende mich zum Gehen. »Verwechslung.«

Die Wohnungstür lasse ich offen, laufe nach unten, in der Hoffnung, Lolas Zimmer bald hinter mir zu lassen. Dort schläft sie auf der Seite, das Gesicht zu drei viertel ins Kissen gedrückt, der Arm über dem Kopf verdeckt ein Eiszapfenohr. Sie hat die Decke zwischen die Beine geklemmt, die pechschwarzen Haare glänzen und verlieren sich im Violett, sanft hebt und senkt sich ihr Brustkorb, Rippen treten einzeln hervor, die Brüste hängen schief, die Brustwarzen schielen, und neben der linken, der oberen von beiden, da, wo der Vorhof in schneeweiße Haut übergeht, stehen acht freundliche Druckbuchstaben, die allein niemanden zufriedenstellen, jedoch in ihrer Kombination mehr sind als bloß ein Name.

DIETRICH

Ich frage mich, wie sie reagieren wird, wenn sie an diesem Morgen in den Spiegel blickt, ob sie lächeln wird, sich freuen und denken, der ist aber einfallsreich, oder ob sie mich unter der Dusche wegrubbeln wird, und was wohl ihre Augen sagen werden, sobald wir uns wieder begegnen, im Café, vielleicht schon morgen.

Falls sie Simon nichts erzählt.

Und als ich die letzten Meter aus dem Haus springe, hoch und weit über einen Haufen Bierflaschenscherben, stelle ich fest, dass es mir egal, nein, dass es mir – wie wir zu Hause sagen – wurscht ist. Es ist mir wurscht, ob er es erfahren, es ist mir wurscht, was er davon halten, es ist mir wurscht, wie er dagegen vorgehen wird.

Und dann tue ich es; ich gehe zurück in den Flur, nehme beim Sprint durchs Treppenhaus zwei Stufen auf einmal, durchquere die Wohnung und erreiche, etwas außer Puste, ihr Schlafzimmer. Lola hat sich inzwischen nicht gerührt. Noch immer schläft sie auf der Seite und hält mir den Platz neben sich frei, den ich mir, nachdem ich mich meiner Kleidung entledigt habe, behutsam zurückerobere. Ich schließe die Augen und spüre ihre Körperwärme an meinem Rücken.

Und so bleibe ich liegen, meinen stotterigen Herzschlag mit ihrem eintönigen vergleichend, und warte auf dieses Neue, Unbekannte, von dem ich noch kaum etwas weiß, außer, dass es auf keinen Fall namenlos sein wird.

Und deshalb ziemlich gut.

Nachholen

Du bist es. Wie du deinen Glühwein hältst, den kleinen Finger unter die Tasse geschoben, wie du zum Himmel prostest und die Lippen schürzt, als würdest du einen Geist küssen, das kannst nur du sein. Bei dieser Geste muss ich an Punsch denken, nicht an Glühwein, ich muss an rote Flecken auf einer weißen Lichtung denken, an Warten, Warten, Warten, und an den knirschenden Schnee. Beim Trinken hebst du sonderbar den Kopf, nur ungern tauchst du mit der Nase, dieser langen, geraden, fast aristokratischen Nase, in die Tasse, die du nach einem kräftigen Zug wieder auf meinen Tresen stellst, und da sehe ich dir in die Augen.

Du erkennst mich nicht.

Das Fenster schnell verriegelt, die Heizung ausgeschaltet, den Kiosk abgesperrt – ich folge dir. In der Eile vergesse ich meinen Mantel. Zum Glück ist wenig los, ich hole dich bald ein, halte aber Abstand. Am Gleis trete ich von einem Fuß auf den anderen, und ich frage mich, was zum Teufel ich hier mache. Eine ältere Frau nennt mich *junge Dame* und tadelt mich, ich sei wohl kaum warm genug gekleidet. Einzelne Schneeflocken segeln trübselig vom Himmel und schmelzen bei der ersten Berührung mit dem Boden. Sollte die Temperatur weiter sinken, wird bald überall in der Stadt mit Schneebällen geworfen. Der Winter lauert, es ist einer dieser unerträglichen Novembertage, kalt, und doch nicht kalt genug, viel zu feucht, und die Wolken hängen so tief, man könnte sie für Nebelschwaden halten.

Am Abend der Weihnachtsfeier vor vier Jahren erinnerte der Himmel an eine löcherige, schwarze Decke, hinter der es grellweiß funkelte. Es war meine erste Festivität in der Firma. Damals war es noch nicht lange her, dass ich mich gegen den, meiner Meinung nach, eintönigsten Job der Welt entschieden hatte: Verkäuferin im Kiosk meines Vaters; stattdessen betreute ich nun die Kunden eines Reiseanbieters. Da wir mit dem Auto aus der Stadt kamen, staunten wir, dass man überhaupt Sterne zählen konnte. Mit sechs Arbeitskollegen war der Golf eindeutig überfüllt, unser Ziel lag weitab vom Schuss, am Ende einer schmalen Straße, die sich durch Wald und Wiese einen Hügel engkurvig hinaufschlängelte, bis zu einem Grundstück, dessen Einfahrt zwei Schneemänner mit Zucchinipenissen flankierten. Nachdem wir aus dem Golf gestiegen waren, zupften wir die Verpackung unserer Wichtelgeschenke zurecht. Mindestens hundert Lichterketten in allen Regenbogenfarben waren an der Hütte befestigt, der Schnee davor sah aus wie bunt besprüht und erinnerte an den Zuckerguss auf einer Kindergeburtstagstorte.

Die S-Bahn fährt ein, die Türen öffnen sich, Wasser läuft an den Scheiben herunter. Du hilfst einer Mutter mit ihrem Kinderwagen und streifst beim Anheben mit der Schulter ihren Busen. Ich nehme ein paar Bänke hinter dir Platz und ziehe mir, obwohl du mit dem Rücken zu mir sitzt, den Kragen meines Pullovers wie ein Räuber bis über die Nase.

Während der Fahrt unterhältst du dich mit der Mutter, sie lacht häufig, vielleicht ist sie alleinstehend. Einmal beugst du dich vor, um einen Fussel oder etwas Ähnliches aus ihrem Haar zu entfernen, und sie schenkt dir ein Lächeln. Bei jedem Bremsen der S-Bahn geht ein Ruck durch alle Fahrgäste, bis auf dich, du scheinst über dem Sitzpolster zu schweben. Das Abteil füllt sich zusehends. Die Bahn stoppt ruckartig, ich falle nach vorn auf die Knie und fange, kurz bevor mein Gesicht den Boden berührt, den Sturz mit beiden Händen ab. Im Gang fließt mir ein Rinnsal schmutzigen Wassers entgegen. Leute drehen sich zu mir um, helfen mir auf. Als ich aufsehe, kann ich dich nirgends ausmachen. Die Bahn fährt erneut an. Durch die beschlagenen Fensterscheiben sind draußen mehr als verschwommene Schemen nicht zu erkennen. Ich drehe mich nach links und rechts, stoße an Ellenbogen und Schultern. Die ältere Frau von vorhin murrt, ich solle Ruhe geben. Dann sehe ich dich. Dein Nacken ist so nah. Du hebst die Hand, drückst auf den grün beleuchteten Knopf, die Türen gleiten auf und hinter dir drängt alles nach draußen auf den Bahnsteig.

Nichts leichter, als sich vom Strom mitreißen zu lassen.

Beim Öffnen der Hüttentür damals schlug uns ein Schwall heißer, verbrauchter Luft entgegen, bloßes Einatmen machte betrunken. Wir schälten uns aus Jacken und Mänteln, das war keine Feier, das war eine Sauna. Uns wurden Becher mit Punsch gereicht, dessen Purpurrot Kopfschmerzen versprach, jedes Gesicht, dem wir zuprosteten, glänzte knallrot. Man schrie sich gegenseitig Namen zu, man trank, da es für Gespräche zu laut war, und man wiegte sich im Takt der Après-Ski-Hits, zum Tanzen war zu wenig Platz. Manche starrten, andere zwinkerten, wieder andere verengten die Augen, als wollten sie sagen: *Dich kenn ich doch*. Es war der Dreiundzwanzigste, noch ein Tag bis Heiligabend, da wollte niemand allein sein. Ein hagerer Kerl mit Koteletten zupfte an seiner Unterlippe, während er mich beobachtete. Rasch wühlte ich mich durch die Menge ans andere Ende der Hütte und ließ mir von Thomas, dem Chefkoch unserer Kantine, nachschenken. Kaum Zeit verstrich, bis er meine Hand auf seinen Po legte und versuchte, mich zu küssen. Wie immer in solchen Situationen erfand ich einen Freund, der daheim auf mich wartete, und er entschuldigte sich.

Schnell zur Treppe. Wo bist du hin – Ausgang oder U-Bahn? Ich renne auf das Tageslicht zu. Soeben überquerst du bei Rot eine Kreuzung, ich bleibe auf dieser Straßenseite. Du machst große Schritte. Kälte sickert in meinen Nacken und verteilt sich auf meinem verschwitzten Rücken; Seitenstechen, meine Nase läuft, ich hasse den Winter. Zigmal biegen wir ab, du schlägst Haken, bis ich eine Ecke umrunde und du keine sechs Meter von mir entfernt vor einem Geschäft stehst. Dein Gesicht ist so nah am Schaufenster, dass die Scheibe beschlägt. Ich gehe weiter, ich halte die Luft an und gehe an dir vorbei, sehe hinter dem Schaufenster Kinderwagen, himmelblaue Fahrräder mit Stützrädern, ich sehe Frauen, junge Mütter, ich sehe Spielzeug und Krippen und Plüschtiere, und in den Spiegelungen des Schaufensters sehe ich deinen Blick.

Demselben Blick folgte ich vor vier Jahren aus der Hütte. Als wir über eine im Mondlicht glitzernde Lichtung stapften, schwappte der Punsch in meinem Becher fast über. Der

Schnee reichte uns bis zu den Knien, keine Ahnung, wer auf die bescheuerte Idee gekommen war, nach draußen zu gehen. Irgendwo hinter uns die Hütte, ein dumpfer Bass. Er hielt seinen Becher, indem er den kleinen Finger darunterschob, und bevor er trank, prostete er zum Himmel und schürzte die Lippen wie bei einem Kuss, das fand ich komisch und lachte. »Du bist albern«, sagte er und ich warf mich gegen ihn, der Punsch hinterließ rosa Flecken im Schnee. Ich wusste nicht, wie er hieß, in der Firma arbeitete er jedenfalls nicht – meiner Meinung nach ein Pluspunkt –, außerdem schmeckte sein Mund nach nichts, ich mochte das, und er hatte genau die richtige Größe, er schnaufte kaum, er ließ sich Zeit. Nur seine Hände, wie er sie krallte, und wie er die Fingernägel in meine Kopfhaut und meinen Hals bohrte … das gefiel mir nicht.

Ich löste mich aus seinem Griff und rannte weg.

Nach dem Spielzeuggeschäft betrittst du einen Feinkostladen. Ich warte davor, hauche mir Wärme in die Hände, und als ich nach einer Weile meine Zehen nicht mehr spüre, denke ich daran umzukehren, und entscheide mich dagegen, verstehe zwar nicht, warum, aber ich bleibe, trete auf der Stelle, boxe in die Luft und erwische ein paar Schneeflocken.

Eine Tür fällt ins Schloss, ich drehe mich um.

»Darf ich Ihnen meinen Schal anbieten?«

Deine Stimme ist heller als in meiner Erinnerung.

»Oh, habe ich Sie erschreckt? Bitte entschuldigen Sie.«

Du legst eine Hand auf dein Herz und presst die Lippen aufeinander – soll das sympathisch wirken?

»Ich dachte nur … ich könnte vielleicht helfen.«

Du sprichst mit einer Frau hinter meinem Rücken, davon

gehe ich aus, du erkennst mich ja nicht, siehst mich nicht. Ich bin ein Geist.

Mit »Ist alles in Ordnung?« machst du einen Schritt auf mich zu. Mit »Verstehen Sie mich?« einen zweiten.

»Ja«, sage ich, und du wickelst deinen Schal um meinen Hals, als beziehe sich meine erste Antwort auf deine erste Frage.

»Danke.«

»Sie zittern ja! Gerade habe ich Tee gekauft. Kommen Sie, ich gebe eine Tasse aus – falls Sie einverstanden sind.«

Ich spüre den Rest deiner Körperwärme in meinem Nacken.

»Bestimmt halten Sie das für eine dumme Idee.«

Was für ein zurückhaltendes Schulterzucken du doch beherrschst.

»Nein«, mein Mund ist furchtbar trocken, »nein, die Idee ist gar nicht dumm.«

Hinter dir plumpst Schnee von einem Ast.

Dasgleiche dumpfe Geräusch damals: Als ich hinter einem Baum in Deckung ging, zitterten die Zweige über mir, und Schnee fiel auf den Waldboden. Mein Hals brannte. Warte, warte, warte, sagte ich in meinem Kopf, dann wird sich so einer schon abregen und trollen, so einer, der kein *Nein* kennt. In der Hütte tanzten genug Frauen, die freiwillig aus ihren Klamotten schlüpfen würden – warum sich da mit mir unnötig Mühe machen?

Von meinem Versteck aus sah ich keine zehn Meter weit. Leise atmen, aufmerksam lauschen. Ruhig. Könnte er meine Fußabdrücke im Schnee entdecken? Jeden seiner Finger an meinem Hals spürte ich noch, kühlte die Wunde mit Schnee.

Ich sehnte mich nach meinem Bett, ich schloss die Augen und wünschte mich dorthin. Da traf mich etwas Schweres in den Rücken und ich prallte gegen den Baum. Heißes Stechen drang in meinen Kopf, ich rief nach Hilfe und fluchte, glaube ich; verstehen konnte ich mich nicht, er hielt mir den Mund zu. Wurzeln bohrten sich in meine Hüfte. Zuerst geschah nichts, und dann kam alles, der ganze Schmerz, auf einmal, und ich wünschte mir, ohnmächtig zu werden, aber das passierte nicht, und ich spreizte die Beine, damit es nicht so weh tat, und mit jedem Stoß schlug mein Kopf auf den Boden und der Schnee unter mir hielt mich fest.

Jeden Winter danach schneite es, vier Jahre lang fiel Schnee, und ich hasste ihn dafür; dass man ausrutschte, sich verspätete und warm anziehen musste, und er jeden krank machte und alles grau-weiß. Nicht zuletzt meine Erinnerung. Kein Gesicht, kein Name, nicht einmal die Farbe seiner Kleidung – nur die merkwürdige Geste, mit der er getrunken hatte, war mir am Morgen danach noch im Gedächtnis, und auf seltsame Weise erleichterte mich das. Erinnerte man sich nicht richtig an eine Sache, dachte ich anfangs, dann war das doch beinahe so, als wäre sie gar nicht passiert. Ich erzählte niemandem davon, kündigte bei der Firma und begann, im Kiosk meines Vaters zu arbeiten. Doch dann kam es immer öfter vor, dass ich schlaflos im Bett lag, den weißen Rigips anstarrte, und die Decke sich bleischwer auf meinen Körper legte und ich nach Luft rang, als wäre ich unter einer meterdicken Schneeschicht begraben, so gut wie tot.

Auf dem Weg zu dir bemühst du dich, kleine Schritte zu machen – damit ich mithalten kann? Ich bleibe beim Gehen etwas hinter dir, will den Überblick nicht verlieren. Trotz des

Risikos habe ich bei der Sache hier ein besseres Gefühl, besser als das, bis Mitternacht im Kiosk zu hocken und Leuten hinterherzusehen, die unterwegs sind, ein Ziel haben, weitaus besser als in den Erinnerungen an eine Weihnachtsfeier nach deinem Gesicht zu suchen.

Fünf Minuten später erreichen wir einen Altbau mit Treppenaufgang. Über dem Eingang brüllt ein steinerner Löwenkopf. Der Schnee wird ihm bald das Maul stopfen.

In deiner Wohnung im fünften Stockwerk befreist du mich als Erstes von dem Schal und hängst ihn über die Heizung. Den Eingangsflur der Wohnung schmücken gerahmte Plakate amerikanischer Filmklassiker – was siehst du in James Dean? Kannst du Marlon Brando als Paten zitieren? Hast du jemals einen Film von Kubrick gesehen?

Zwanglos freundlich bittest du mich in die Küche, du hast Routine.

»Sie kommen aus München?«

»Ja«, antworte ich und weise darauf hin, dass der Wasserkocher längst geklickt hat.

Du reichst mir eine Tasse, auf der die Schlümpfe tanzen, sagst: »Vorsicht, heiß.«

Und als sich unsere Finger kurz berühren und wir uns anlächeln, weiß ich mit einem Mal, was ich tun muss, und bin froh darüber, halte meine kühle Nase zufrieden über den dampfenden Tee und atme einmal tief ein. Du fachst den Kamin im Wohnzimmer an. Auf einem Beistelltisch brechen eine Sammlung an Whisky- und Cognacflaschen das durch hohe Fenster hereinfallende Licht, und meine Füße versinken im plüschigen Teppich. Ich sitze neben dir auf dem Ledersofa, halte mit beiden Händen die Teetasse in meinem Schoß und warte auf den richtigen Augenblick. Schlürfend trinkst du, nun sogar zwei Finger unter die Tasse geklemmt, wieder mit dieser sonderbar hochnäsigen Geste.

»Und was machen Sie so, wenn Sie sich nicht von Männern auf einen Tee einladen lassen?«

»Ich arbeite in einem Kiosk – und Sie? Was machen Sie, wenn Sie keine fremden Frauen auf einen Tee einladen?«

»Spazierengehen.«

»Spazieren?«

»In letzter Zeit muss ich das oft. Mit Dominik.«

»Ihr Hund?«

»Mein Sohn.«

Die vom Kamin ins Wohnzimmer sickernde Hitze umspült meine Füße und steigt meine Beine hoch.

»Wie alt ist er?«

»Die meisten Frauen reagieren so. Wieso um Himmels willen traut ihr mir nicht zu, dass ich Vater bin?«

»Ich sehe hier gar kein Spielzeug.«

»Richtige Väter räumen also nicht auf? Ich wette, Sie haben keine Kinder.«

»Noch nicht.«

»Aber Sie planen welche?«

»Tun das nicht alle Frauen?«

Ich wusste, dass du auch anders lächeln kannst, so wie jetzt: mit viel Zähnen.

»Ich hole mir noch eine Tasse«, sagst du. »Kann ich Ihnen etwas mitbringen?«

»Nein, danke.«

Kaum außer Sichtweite, rufst du, es sei schon viel zu spät und längst an der Zeit, das Mittagessen vorzubereiten. »Würde es Ihnen etwas ausmachen, wenn ich Sie jetzt vor die Tür setze?«

Ich bin ruhig, so ruhig, und gehe dir entgegen, als du mit einem königsblauen Anorak zurückkommst. »Den können Sie haben, seit Jahren hängt er im Schrank und …«

Ich küsse dich. Und du, du schiebst mich weg, mit dem linken Arm, an dem ich dich heranziehe, für einen zweiten Kuss, und noch bevor du mich aufforderst zu gehen, spüre ich die verräterische Spannung deiner Lippen. Langsam, einen Knopf nach dem anderen, öffne ich meine Bluse, streife sie von meinen Schultern, lasse sie zu Boden gleiten. Dir in die Augen sehen, kann ich nicht. Als ich nach deiner Gürtelschnalle greifen will, schlingst du einen Arm um meine Taille, ziehst mich zu Boden. Das Parkett ist kühl, glatt und hart. Du rollst dich auf mich, öffnest mit geübten Handgriffen meine Jeans, zerrst daran, ich gleite aus ihr, schleudere sie weg. Deine Hände krallen sich in mein Gesicht, Salzgeschmack. Meine Gliedmaßen sind schlaff und biegsam. Ein Schweißtropfen bricht aus deinem lichten Haaransatz hervor, läuft über deine Stirn, peilt den Freiraum zwischen deinen Augenbrauen an, hält die Balance auf dem Nasenbein, rutscht nach der Hälfte des Weges ab, folgt einer Hautfalte, erreicht den linken Mundwinkel und wird dort von deiner Zunge geschnappt. Es riecht nach Holz, Leder, Früchtetee, verkohltem Papier, und nach dem süßsauren Duft erregter Menschen. Kein Geräusch außer dem Knistern und unserem Atmen.

Als es vorbei ist, setze ich mich auf und sehe nach draußen. Mich blendet ein grellweißer Himmel, so öde, dass man ihn mit schreienden Farben bespritzen möchte. Eine unerwartet heftige Freude packt mich und es kostet mich Mühe, gefickt und erschöpft auszusehen, eine Freude, die ausbricht, wenn man weiß, dass man ein Spiel gewinnen wird.

»Das Bad ist am Ende des Flurs«, sagt er nüchtern und

schließt den Reißverschluss seiner Hose mit einem Ruck. Ein *du* werde ich ihm ab heute nicht mehr gönnen, hätte ich nie dürfen, das weiß ich jetzt, und ich weiß auch, dass die Tage seines beschaulichen Lebens gezählt sind. Ich werde nachholen, was ich damals versäumt habe. Momente, in denen mein Vater mich fragt, was denn los sei, er habe mich wochenlang nicht mehr lachen hören, Situationen, in denen mir ein gut aussehender Mann zuprostet und ich nicht anders kann, als sofort das Lokal zu verlassen, Hunderte von Tagen, an denen mich die Wettervorhersage, der erste Schneefall lasse nicht mehr lange auf sich warten, keinen Schlaf finden lässt – all dem kann ich ein Ende setzen.

Im Bad lasse ich heißes Wasser über mein Gesicht laufen; es fühlt sich an, als schälte sich die Haut von meinen Knochen. Mit einem steifen Handtuch trockne ich gerade mein Haar, als sich die Wohnungstür öffnet und eine weibliche Stimme nach ihm verlangt. Ohne zu überlegen, verlasse ich das Bad, und eine Frau, soeben damit beschäftigt, einen Kinderwagen samt Kind den schmalen Flur entlang zu manövrieren, bleibt abrupt stehen, offenbar unschlüssig darüber, ob sie mich damit rammen sollte.

»Haben wir uns nicht schon mal gesehen?«

Haben wir. Heute Mittag in der S-Bahn. Ich verfolgte Ihren Mann und hielt Sie für eine naive Mutter. Wieso nicht mit der Wahrheit rausrücken? Da erscheint er im Flur wie der galanteste Ehemann aller Zeiten, legt beide Hände um ihre Hüften, küsst ihr den Mittelscheitel und stellt mich, die neue Kindergärtnerin, die angeblich allen ihren künftigen Schützlingen einen Besuch abstattet, seiner Frau vor. Ihr Stirnrunzeln lässt ihn noch hinzufügen: »Sie will ihre *Kundschaft* besser kennenlernen.«

»Schön, das ist ja schön – wieso ist Ihr Haar so nass?«

»Scheiß Wetter«, sage ich, deute auf die Wanduhr über unseren Köpfen.

»Und Dominik?«

Sollte sie noch eine Frage stellen, werde ich ihren Kopf packen und zwischen meine Schenkel klemmen, damit sie die Beweisspuren ihres Ehemannes kosten kann. In derselben Sekunde weiten sich seine Augen, als könnte er meine Gedanken lesen, und er öffnet und schließt seinen Mund wie ein Fisch, der zu ersticken droht.

»Wir sollten Sie nicht aufhalten«, trällert er. »Gehen Sie besser.«

Und das tue ich dann auch. Zum Abschied reichen wir uns die Hände: seine ist schweißnass. Für den Rückweg wähle ich die Treppe statt den Lift. Was für ein befreiendes Gefühl, sich zu bewegen! Beine strecken, mit den Armen rudern, Kopf kreisen lassen. Ausatmen, bis keine stickige Kaminluft mehr in mir übrig ist.

Im Erdgeschoss angekommen, hallt ein Rumpeln durchs Treppenhaus, und ich sehe, wie sich rechts von mir die Lifttüren öffnen.

Seine Frau lächelt verlegen, ihre Stimme klingt weich und demütig, fast zärtlich. »Sie sind keine Kindergärtnerin, oder?«

Ich senke den Kopf und peile den Ausgang an. Als sie sich an mir vorbeischiebt, rieche ich sein Aftershave. Ich ziehe an der Türklinke, Winterwind bläst dicke Schneeflocken ins Haus.

Trotzig drückt sie die Tür vor mir zu. »Mich liebt er.«

Ich spucke aus, sehe ihr in die nussbraunen Rehaugen und trete ihr mit dem Knie in das Geschlecht, ihr Oberkörper schnellt vor, sie krächzt wie ein alter Mann, sinkt auf den nassen Dielenboden; Rotz läuft ihr aus der Nase, sie entblößt kleine Nagetierzähne, unkontrolliert zappeln ihre Beine. So ähnlich muss ich damals ausgesehen haben.

»Suchen Sie sich einen anderen«, jammert sie, als wäre sie elf, und erst da begreife ich: Sie hat nichts verstanden. Sie denkt an seine nächtlichen Streifzüge durch die Stadt; sie denkt an seine fadenscheinigen Ausflüchte, sobald sie ihn drängt, ihr zu erklären, wo er sich so lange herumgetrieben hat, und mit wem; an seine Flucht unter die heiße Dusche nach solchen Streifzügen denkt sie, an den sauren Geruch, die Kratzer an seinen Händen und Wangen, den stieren Blick; und vor allem denkt sie an den entblößten Körper einer Fünfundzwanzigjährigen, meinen Körper, der sich auf ihrem Ehebett räkelt, während sie mit Dominik Einkäufe erledigt.

Ich verlasse das Haus, schlittere die Treppenstufen hinunter und drehe mich noch einmal um. Der steinerne Löwenkopf liegt nun unter einer Schneeschicht begraben, als hätte es tagelang geschneit. Ich schiebe meine Hände tief in die Taschen und folge der Straße nach links. Ich kenne die Gegend, ich kenne den Weg. Ich weiche Ladenbesitzern aus, die maulend den Bürgersteig vor ihrem Geschäft freischaufeln, ich springe über von Räumfahrzeugen aufgetürmte, salzgrau gefärbte Haufen Schnee, und spüre, wie sich Kieselsteine in die dünnen Sohlen meiner Turnschuhe bohren, Schneeflocken werfen sich mir entgegen, aber mir können sie nichts antun, ich laufe, ich renne, und erreiche endlich das Gebäude mit dem beigen Anstrich. Das blaue »Polizei«-Schild leuchtet. Nun bin ich am Zug. Mir fehlen vier Jahre Winter. Und die werde ich jetzt nachholen.

Generalprobe

»Wollen wir gleich anfangen?«

»Sehr gerne.«

»Hast du dich gewaschen?«

»Gründlich.«

»Wir nehmen nur die Gummis. Keine anderen.«

»Einverstanden.«

»Soll ich mich schnell oder langsam ausziehen?«

»Ich möchte dich gerne ausziehen.«

Einmal begegnete Silvana nackt dem Mann, der den Wasserzähler austauscht. Sie stieg eben aus der Dusche, da öffnete er die Tür. Der Zufall hätte ihn nicht besser leiten können. Wäre er eine Sekunde früher ins Bad getreten, sie hätte sich noch hinter der Milchglastrennwand befunden – mehr als Schemen wäre nicht zu erkennen gewesen; und wäre er einen Moment später eingetreten, sie hätte sich bereits in den Bademantel gehüllt. So aber erhielt er einen uneingeschränkten Blick, der ihm offenbar nicht gerade peinlich war – er zog sich erst zurück, als Silvana ihn dazu aufforderte. Sie fand den Vorfall komisch und scherzte, was wohl geschehen wäre, hätte ich mich nicht im Nebenzimmer aufgehalten. Während sie das sagte, drückte sie ihren Busen an mich und lächelte mich herausfordernd, nein, *kess,* an, wie sie es ausgedrückt hätte. Ich bemühte mich, unbeteiligt zu wirken, und setzte mich an den Computer. Der Bildschirm grüßte mich mit einem zappelnden Namen, SILVANA flog vor schwarzem Hintergrund von Ecke zu Ecke, drehte Pirouetten und verschwand, als ich die Maus bewegte. Silvana schlang einen Arm um meinen Hals, flüsterte mir etwas ins Ohr, drehte mich auf dem Sessel zu sich um. Sie hatte sich immer noch nichts angezogen. Ich kannte das Spiel, ich sollte sie betrachten. Das wollte ich sogar, aber da sie es von mir verlangte, begnügte ich mich damit, ihre Füße mit einem ausgiebigen Blick zu würdigen. Sie nahm mein Kinn zwischen Daumen und Zeigefinger, hob meinen Kopf an und küsste mich. Ihre Lippen öffneten geschickt meinen Mund und ihre Zunge schob sich in den Spalt. Ich entschied, dass es unsinnig sei, Widerstand zu leisten, und zog sie auf meinen Schoß.

»Willst du es nicht so?«

»Doch, schon.«

»Aber du lässt mich nicht.«

»Ich habe nie gesagt, dass du aufhören sollst.«

»Du hast auch nie gesagt, ich soll weitermachen.«

»Ist das wichtig?«

»Soll ich das denn? Weitermachen?«

»Wie viel Uhr ist es?«

»Hörst du mir zu? Soll ich weitermachen?«

»Vielleicht ist es besser, wenn ich dir erst das Geld gebe – wie viel?«

»Woher soll ich das denn jetzt schon wissen? Kommt ganz darauf an, wie wir weitermachen.«

»Du bist anstrengend.«

»Nur fordernd.«

»Nein, anstrengend. Ich bezahle dich dafür, dass ich mich entspannen kann.«

»Nicht ganz richtig. Du bezahlst mich dafür, dass du dich anders entspannen kannst.«

»Sag mir nicht, wofür ich dich bezahle. Sag mir wie viel.«

»Zweihundert.«

»Zweihundert!«

»Ohne Zusatzleistungen.«

»Zweihundert!«

»Fangen wir jetzt endlich an?«

»Hier. Nimm.«

»Mach die Augen zu.«

»…«

»Spürst du das?«

»Ja.«

»Soll ich weitermachen?«

»Ja.«

Sie sind einfacher zu finden, als man glaubt. Zwar stehen sie nicht in den Gelben Seiten, aber letztendlich ist es mit ihnen nicht anders als mit anderen Menschen auch. Über fünf Stationen kennt man sie. Bei mir war es Silvana selbst, über die ich eine von ihnen fand. Silvanas bester Freund arbeitete als Bedienung in einem Bistro. Seinem Chef gehörte ebenfalls ein Chauffeursservice. Und einer der Chauffeure war der Freund von ihr. Ich erzählte Silvana nichts davon. Sie durfte es nicht erfahren, trotz all ihrer Neckereien hätte sie mich sofort verlassen.

»Wenn deine Freundin so hübsch ist, wieso bist du dann hier? Ist sie langweilig?«

»Nein.«

»Ist sie prüde? Feige?«

»Nein, nein, das ist es nicht.«

»Na, raus damit.«

»Können wir das von neulich noch mal machen?«

»Hast du Geld dabei?«

»Hier.«

»Willst du das nicht lieber behalten? Schenk ihr was Schönes. Geht ins Theater. Oder essen. Irgendwas.«

»Das hier ist wichtiger.«

»Wie du meinst.«

»Fang damit an. Das mag ich.«

Jemandem davon zu erzählen, wagte ich nicht. Keinesfalls wollte ich Silvana verlieren. Ich war erst achtundzwanzig, in ihrer Gegenwart allerdings älter, nicht schwächer, vergesslicher oder langsamer, sondern erfahrener, klüger, wurde mehr respektiert. Sie sah nicht zu mir auf, sie stieg gemeinsam mit mir eine Stufe höher. Waren wir zusammen, war es nicht vermessen, uns als perfekt zu bezeichnen, in nahezu jeder Hinsicht. Als einziges Paar in unserem Freundeskreis waren wir seit der Schulzeit zusammen – wir hatten Glück! Das sagten wir nicht nur, um Sticheleien abzuwehren. Wir glaubten daran. Wir glaubten an uns. Wir glaubten an das perfekte Miteinander, für das man selbstverständlich Opfer bringen musste. Ich hatte meine Magisterarbeit aufgegeben und verdiente meine Brötchen als Aushilfe in einer Stadtbibliothek, sie hatte ihren Traum von einer eigenen Immobilienagentur vorläufig auf Eis gelegt und arbeitete bei einer Hausverwaltung. Aber wir wohnten zusammen. Und mein Vater, den ich in dem Glauben ließ, er bessere unser Konto für Miete sowie Lebensunterhalt auf, finanzierte unsere Beziehung auf eine ganz andere Weise, als er es für möglich gehalten hätte.

»Was haben wir noch nicht probiert?«

»Was würdest du gerne probieren?«

»Ich weiß nicht. Das müsstest du doch wissen.«

»Diese Arbeit ist oft langweiliger, als du vielleicht glaubst.«

»Du enttäuschst mich.«

»Was schwebt dir denn vor?«

»Etwas Überraschendes.«

»Soll ich dich überraschen?«

»Nein.«

»Was dann?«

»Du sollst mir etwas Überraschendes zeigen. Ich will wissen, was dich überraschen würde.«

»Du meinst, was eine Frau überraschen würde?«

»Ja.«

»Ist das hier so eine Art Prüfung für dich? Eine Generalprobe?«

»Wenn du es so nennen willst.«

»Das ist krank.«

»Kann dir egal sein.«

»Hast recht – eine Überraschung also?«

»Genau.«

»Das hier wird ihr gefallen.«

Sie zeigte mir nichts, was man sich nicht auch in der Fantasie hätte ausmalen können, sie erklärte mir nur, wie es funktionierte. Wahrscheinlich hatte sie mehr Spaß als ich; und trotzdem war es das Geld wert. Wenn Silvana morgens mit einem Lächeln aufwachte, wusste ich, dass es das wert war. Als wir abends spazieren gingen, am Fluss entlang, und schließlich die steinerne Treppen zu unserer Straße nach oben stiegen, zog sie mich in eine schattige Ecke und fuhr mit der Hand in meine Hose. Um uns herum hupende Autos im Stau. Mir gefiel, wie emsig und fiebrig Silvana weitermachte, ihr Hauch verwandelte die Abendluft in Nebel, ich sah nur ihre geröteten Wangen, ihr neckisches Lächeln. »Wünschst du dir das?«, fragte sie, und ich sagte ja, mehr als einmal, ja, ich wünsche mir das.

»Du machst das ausschließlich für sie?«

»Nur für sie.«

»Glaubst du das wirklich?«

»Nein. Aber für uns! Ich mach das für uns.«

»Ja, das glaub ich dir.«

Schon seit einer Ewigkeit wollten wir mal den von vielen Freunden empfohlenen Italiener ausprobieren. Nachdem der Ober die Bestellung aufgenommen hatte, lächelten wir uns kurz an, wussten es beide voneinander und flüchteten ins Auto. Ein Pärchen beobachtete uns durch die beschlagenen Scheiben. Silvana sagte: »Sieh *mich* an.« Sie blinzelte nicht einmal, blickte mir so bestimmt in die Augen, dass ich mich nicht traute, wegzusehen. Mit der Hand fuhr ich über ihren Rücken, spürte ihre Wirbelsäule, Schweiß und die beiden Muttermale unterhalb ihrer Schulter. Und ich spürte ihre Bewegungen, gleichmäßig und fließend, dann ungeduldig, ruckartig, nervös. Wir gingen nicht mehr zurück ins Restaurant.

»Wie heißt sie eigentlich?«

»Silvana.«

»Es macht dir nichts aus, wenn ich ihren Namen kenne?«

»Ist doch nur ein Name.«

»Bin ich Silvana für dich?«

»Nein. Du bist irgendwer.«

»Wenn wir es machen, bin ich dann ein bisschen Silvana für dich? Wenn du mich anfasst. Hier. Wenn ich dich berühre. Wenn ich dich – so – küsse.«

»Mach weiter damit.«

»Nenn mich Silvana.«

»Nein. Wozu?«

»Tu es. Sag Silvana zu mir.«

»Hör nicht auf …«

»Sag es.«

»Das machst du gut.«

»Los. Sag es.«

»Mach … Silvana … mach weiter.«

Wenn wir miteinander schliefen, nannte ich Silvana beim Namen. Sie mochte es. Ich mochte es. Es gefiel uns beiden. Früher hatten wir nie miteinander gesprochen, hatten keinen Laut von uns gegeben, währenddessen. Ich sagte ihren Namen oft, sie wollte, dass ich ihren Namen schrie, und ich schrie ihren Namen, und wenn wir zusammen schrien, war sie überall.

»Du kannst nicht?«

»Ich mag nicht.«

»Lass es uns noch mal versuchen.«

»Hör auf damit.«

»Du musst auch nichts zahlen. Ist gratis! Die zwei hier und das hier, alles zum Nulltarif.«

»Lass das.«

»Entspann dich. Überlass die Arbeit mir.«

»Ich gehe.«

»Nein, warte.«

»Du gibst Ruhe?«

»Lass uns reden.«

»Ja. Es ... in letzter Zeit passiert es zu oft.«

»Über so was beschwert man sich nicht.«

»Und wenn schon. Ich sehe Silvana und schon ficken wir. Mir passiert es zu oft.«

»Wie oft denn?«

»Ist doch nicht wichtig.«

»Verstehe. Du bist zu gut.«

»Was?«

»Ja. Du hast es übertrieben. Hast ihr gezeigt, was sie haben kann.«

»Es kommt mir vor, als würden wir nur beim Ficken miteinander sprechen.«

»Vielleicht ist das ja so. Und wenn schon.«

»Darum soll es sich aber nicht drehen. Nicht ums Ficken.«

»Bravo!«

»Was ist?«

»So hast du das noch nie genannt. Und jetzt gleich dreimal.«

»Hier, dein Geld.«

»Wofür?«

»Fürs Gespräch.«

Ich belog Silvana. Den fehlenden Betrag auf unserem Konto erklärte ich damit, dass ich einem Freund aus der Patsche geholfen hätte. Und die fehlende Lust mit Schmerzen. Achselzuckend sagte sie »Macht doch nichts«, bat mich dann aber, sie zu küssen. Langsam und vorsichtig. Überall. Als sie mir am darauffolgenden Morgen zwischen die Beine fasste, und ich wieder Schmerzen vortäuschte, verdrehte sie die Augen. Tatsächlich nannte sie mich einen *Schlappschwanz,* und wir mussten beide lachen. Danach entschuldigte sie sich zwar, bläute mir jedoch ein, einen Arzt zu konsultieren.

»Ich habe Angst.«

»Was ist los?«

»Mir gefällt das hier.«

»Wenn wir uns treffen?«

»Wenn wir miteinander reden.«

»Mir gefällt das auch.«

»Manchmal denke ich, dass ich ihr etwas zahlen müsste. Noch öfter denke ich, dass sie mich bezahlen müsste.«

»Bleibst du heute Nacht wieder hier?«

»Sie ist schon zu Hause.«

»Das macht doch nichts.«

»Sie wartet auf mich.«

»Ja, und?«

»Aber du weckst mich in einer Stunde?«

»Natürlich. Natürlich wecke ich dich.«

»Wir müssen reden.« Silvana trug noch ihren Mantel. Wir waren spazieren gegangen, eine Stunde lang, Kinder auf dem Spielplatz beobachten und verhalten lachen. Ich hatte noch nicht die Wohnungstür hinter mir geschlossen, als sie es sagte. Wir setzten uns auf das Sofa, nebeneinander. »Ich muss dir etwas gestehen«, sagte sie, und ich dachte dasselbe.

Ich dachte daran, wie es gewesen war, mit einer Fremden zu schlafen, um ausgiebiger, länger, besser mit Silvana zu schlafen; ich dachte daran, dass mein Vater mich darauf angesprochen hatte, wohin all das Geld verschwunden sei, und wie ich mich dabei ertappt hatte, dieselbe Ausrede zweimal hintereinander zu gebrauchen, ohne dass er es merkte; ich fühlte mich erleichtert, dass Silvana sprechen wollte, reden, ausführlich über alles reden und gestehen, das wollte ich, bevor sie es herausfände, weil ich sie immer noch, das wusste ich jetzt, weil ich sie immer noch liebte. Ich wollte alles in einem Satz sagen, in einen Satz packen, ein einziger Knall, Laut, der alles gleichzeitig sein würde, These, Begründung, Beispiel, ohne Lücke, damit sie nicht widersprechen, mir nicht ins Wort fallen könnte, und ich dachte, danach, dann, würden wir lange miteinander reden, in die Nacht hinein, vielleicht hindurch, nur reden, das wäre wichtiger, als miteinander zu schlafen, es wäre das einzig Wichtige, was uns verband, und das uns zu dem machte, was uns am meisten gefiel, zu einem Wir. »Ich möchte das nicht mehr«, sagte sie, und als ich fragte, was sie damit meine, wiederholte sie nur: »Ich möchte das nicht mehr.« Ich brach sofort in Tränen aus. Silvana begann zu lachen. Sie hielt sich die Hände vor den Mund, zog mein Gesicht zu sich, damit ich sie ansehen konnte, und sie sah erschrocken aus. Es tat ihr leid! Sie entschuldigte sich. Nur ein Scherz sei es gewesen, weil es doch nichts gebe, an dem sie rütteln wolle, weil es ganz und gar nichts gebe, was sie zu ändern wünsche, weil alles, wie es war, gut war, und weil ich hier bei ihr war und sie bei mir, und weil sie mich lieb habe, weil sie mich liebe. Weil sie mich liebt. Ich weinte noch lange und ausgiebig, und sie entschuldigte sich viele Male, beteuerte, das würde sie nie wieder tun; sie bat mich um Verzeihung. Sie mich. An diesem Tag, in dieser Nacht schliefen wir nicht miteinander. Auch am darauffolgenden Tag nicht. Wir hatten keine Zeit für so etwas. Viel zu beschäftigt waren wir damit, uns etwas zu zeigen, das wir lange Zeit versäumt hatten.

»Hallo? Bist du das?«

»Ruf mich nicht an.«

»Wir können doch reden.«

»Ich glaube nicht.«

»Wir könnten einen Kaffee trinken gehen.«

»Keine Zeit.«

»Dann nimm dir doch die Zeit.«

»Ich lege jetzt auf.«

»Dann sag ich ihr alles. Ich erzähl ihr alles.«

»Sie wird dir nicht glauben.«

»Denkst du!«

»Sie wird dir nicht zuhören.«

»Ich werde ihr sagen, was ihr im Bett miteinander gemacht habt. Sie wird sich wundern, woher ich das weiß.«

»War das alles denn so ungewöhnlich?«

»Nein, aber … ich kann überzeugend sein.«

»Ruf hier nicht mehr an.«

»Du fehlst mir.«

»Lügnerin.«

»Wirklich, ich vermisse dich.«

»Ich muss jetzt Schluss machen.«

»Ich habe damit aufgehört!«

»Freut mich.«

»Ich arbeite jetzt in einem Lokal. Komm mich mal besuchen, ja? Ich geb dir einen aus.«

»Es ist schon spät.«

»Darf ich dich anrufen? Nur im Notfall?«

»Nein. Nein, das wäre nicht gut.«

»Ruf du mich an. Morgen Abend? Sagen wir, so gegen acht? Ich bin zu Hause.«

»Gute Nacht.«

»Also um acht. Ich freu mich. Ich freu mich wirklich.«

Am nächsten Tag besuchten Silvana und ich die Kammerspiele. Die Aufführung war zäh und langatmig. In der Pause betranken wir uns mit billigem Sekt und witzelten über das versnobte Publikum. Ich erzählte Silvana, dass wir in Zukunft den Gürtel enger schnallen müssten, da mein Vater seine Zuwendungen eingestellt habe – doch ich erzählte nicht, warum. Sie war sehr verständnisvoll. Schon in der Woche darauf ließ ich unsere Telefonnummer ändern.

Das Fass von Königsdorf

Es fiel mir schwer zu schlucken. Der Raum war leer, von draußen drang das Dröhnen herein, der Chor der Knaben, unterstützt durch das Orchester. Es hörte sich schräg und falsch an, wenn man hinter der Bühne saß, ganz anders als auf ihr oder davor; es hörte sich an, als klagten sie, prusteten und spuckten ihren Unmut gegen die Wände, von denen er abprallte, zurückkehrte, sich vermehrte und verstärkte und dann, dann wurde es mit einem Mal still.

Der Wink des Dirigenten.

So graziös, als würde er den Dirigierstab bewegen, ohne ihn zu berühren.

Bei der Generalprobe am Vormittag hatte der Chor der Knaben nicht geschlossen darauf reagiert, weshalb der Dirigent unseren Chorleiter – wir nannten ihn den »Chef« – mit einem Kopfzucken zu sich gebeten hatte. In der anschließenden Pause betrat der Chef wortlos unseren Probenraum und postierte sich vor uns. Er war ein durchschnittlich großer Mann Ende fünfzig, dessen Bauch gegen den Hosenbund drückte. Seine Haut schimmerte goldbraun von den regelmäßigen Abstechern nach Spanien, wo er ein Haus an der Küste besaß. Das schüttere, schwarz gefärbte Haar kämmte er nach hinten. Und seine Augen hinter der klobigen Brille glänzten immer ein wenig feucht, was es einem fast unmöglich machte, seine Gemütslage richtig einzuschätzen – wie auch in diesem Moment.

Da nicht alle von uns ihre Gespräche einstellten, ging er zurück zur Tür und warf sie mit einem Knall zu. Wir verstummten, erhoben uns, blickten auf den Boden. Er lief nach rechts, machte kehrt, lief nach links.

Ein Haufen Verlierer, brabbelte er in seine hohle Hand und deutete auf Einzelne von uns. Habt ihr sie noch alle? Ihr seid doch keine sechs mehr. Von Elfjährigen erwarte ich, dass sie den Stoff beherrschen. Wofür kauen wir das denn wochenlang durch? Damit ihr Arschlöcher mich blamiert?

Mit einem Seufzen rückte er seine Brille zurecht: Unerträglich ist das. Die Proben, die Diskussionen, dieses ewige Herumkritisieren!

Er verließ den Raum, die Gesangslehrer stoben durcheinander, einer folgte ihm, ein anderer, Herr Schaid, blieb bei uns und flüsterte: Wir üben die ganze Sache nun gemeinsam. Bis es sitzt.

Dann probte Herr Schaid mehr als drei Stunden mit uns. Er ließ uns einzeln vorsingen, so lange, bis jeder die Stelle perfekt beherrschte. Trinken durften wir nichts, dafür blieb keine Zeit. Was der Chef währenddessen trieb, wussten wir nicht, uns fiel nur auf, dass er später mit beiden Händen die Hand des Dirigenten schüttelte, als dieser unseren enormen Fortschritt lobte, und mit keinem Wort Herrn Schaid erwähnte.

Das heißt aber nicht, dass wir Herrn Schaid mehr leiden mochten als den Chef.

Allein hinter der Bühne, mit vom Weinen feuchten Ärmeln, dachte ich darüber nach, warum ich nicht bei den anderen war. Wie bei meinen Computerspielen hätte ich am liebsten noch einmal von vorn begonnen, wollte zurückspringen zum Spielstand von letzter Woche, als der Chef uns vorgeschwärmt hatte, welche Ehre es sei, mit dem Chor nach Köln fahren und das ›Weihnachtsoratorium‹ von Bach unter der Leitung von Claudio Abbado singen zu dürfen.

Dafür ist nicht jeder geeignet, nur die Besten dürfen mit, sagte er, und verteilte die Briefe mit den Reisedetails an alle Knaben, die er ausgewählt hatte.

Diesmal bekam auch ich einen. Und dazu schenkte er mir ein Zwinkern.

Nach der Chorprobe überreichte ich meinen Eltern das Schreiben und erklärte ihnen: Nur die Besten dürfen mit.

Mein Vater umarmte mich, klopfte mir auf den Rücken, meinte, das sei ja klasse, während meine Mutter übertrieben in die Hände klatschte und sagte: Wir wussten, dass du's schaffst! Da kannst du richtig stolz drauf sein.

Beide strahlten mich an, und ich lächelte, musste lächeln, und brachte es fast nicht über die Lippen: Der Chef hat mich wieder Dicker genannt.

Ach, mein Vater schnalzte mit der Zunge, das meint er bestimmt nicht so.

Meine Mutter nahm mich an der Hand, sagte, von dick könne bei mir sowieso nicht die Rede sein, ich sei bestenfalls kräftig, und zog mich hinter sich her ins Wohnzimmer, wo wir bis spät in die Nacht Aufnahmen vom Knabenchor hörten. Auf dem Cover der CD waren blonde, schlanke Jungen mit Seitenscheitel abgebildet, genau so, wie man sich Chorknaben vorstellt. Strotzend vor Energie und Freude, die

Lippen geschürzt, das Notenheft würdevoll vor die Brust gehoben, ein erhabenes Profil, prinzenhaft, nur andeutungsweise gebrochen durch eine Haarsträhne, die flott in die Stirn fällt.

Dieser Glanz passte so gar nicht zu dem mulmigen Gefühl in meiner Brust, als ich schon am nächsten Morgen noch vor Sonnenaufgang abreisen musste. Die Vordertür des Chorbusses öffnete sich mit einem Zischen, und ich ließ nicht zu, dass mich meine Mutter zum Abschied küsste.

Der Chef saß auf dem Beifahrersitz, lächelte gut gelaunt und rief, als ich an ihm vorbeiging, meinen Eltern zu: Der schafft das schon!

Meine Mutter warf mir einen Blick hinterher, als wollte sie sagen: Siehst du?

Hinten am Ende des Gangs sah ich die Solisten sitzen. Manche deuteten auf mich und blähten die Backen, einige kicherten.

Ich nahm weiter vorne Platz. Meinen schwarzen Aktenkoffer verstaute ich unter dem Sitz. Jeder von uns besaß einen, wir beklebten sie mit bunten Abziehbildern von Orten, die wir mit dem Chor besucht hatten.

Auf der Fahrt setzte sich Herr Schaid in die Mitte der hintersten Reihe, er widmete sich den Solisten, während der Chef sich direkt vor mir in den Gang stellte, um mit dem Chor schwierige Passagen des ›Weihnachtsoratoriums‹ zu proben. Bei ein paar Überholmanövern von Clemens, unserem Busfahrer in Lederhose, fiel der Chef zur Seite, auf die zwei Jungen neben sich. Und jedes Mal, wenn das passierte, nahm er sich sehr viel Zeit, um wieder aufzustehen.

Eines der Volkslieder, mit denen wir uns einsangen, hieß *Segendorf*. Darin kam die Zeile vor: *Das Fass von Segen-*

dorf rollt und springt. Gerade begannen wir mit der zweiten Strophe, als ich bemerkte, dass mich der Chef musterte; er hob einen Zeigefinger, damit alle verstummten.

Du kommst doch aus Königsdorf?, fragte er mich.

Ich nickte; in meinem Bauch spürte ich ein unangenehmes Ziehen.

Der Chef kniff mir sanft in die Wange und sang: *Das Fass von Königsdorf rollt und springt.* Zuerst reagierten nur wenige, es dauerte jedoch nicht lange, bis der Rest ihn begleitete, auch Herr Schaid und die Solisten unterbrachen ihre Übungen und machten mit. Der Chef hakte sich bei einem Jungen ein und schunkelte. Mein Platznachbar piekste mir zwischen die Rippen, an meinem Sitz wurde gerüttelt. Das Ziehen in meinem Bauch verwandelte sich in ein Reißen, und ich versuchte mitzusingen, solange ich auch sang, gehörte ich dazu.

Das Fass von Königsdorf rollt und springt,
es rollt und springt,
so rund ist es,
oh, wie voll das klingt!

Aber ich konnte meine Stimme nicht hören. Und mein Bauch tat mir weh. Ich stand auf, lief zur Toilette, sperrte mich ein, öffnete schnell meine Hose.

Ich schloss die Augen und wollte nichts denken, nichts sein. Es kam mir vor, als hätte ich etwas verloren, nach dem ich eben erst zu suchen begonnen hatte. Mit der Hand fuhr ich mir über den Bauch, krallte meine Finger in die weiche Haut. Wenn ich wenigstens ein paar Pfunde leichter gewesen wäre und nicht so kräftig, nicht zu dick für den Chef, der manchmal einen von uns auf seinen Schoß nahm und auf die Schläfe küsste, wenn wir etwas trinken wollten oder unseren

Bleistift zum Notieren vergessen hatten. Oft auch bei Solostunden. Mich hatte er noch nie zu sich gebeten. Die Soloschüler des Chefs galten als die Besten. Dafür war ich einfach zu dick, das sagte ich auch immer zu meiner Mutter, die stets zu viel kochte und nur den Kopf darüber schüttelte, ich war zu dick, zu pausbäckig, zu langsam und träge, außerdem nicht hübsch, viel zu sensibel, vor allem sensibel, das sagte meine Mutter häufig und strich mir liebevoll über den Kopf: Du bist eben sensibel.

Als ich mich abputzen wollte, konnte ich nirgends Toilettenpapier entdecken. Im Müll fand ich bloß eine leere Tüte Chips, Orangenschalen und einen kaputten Kugelschreiber.

Es klopfte.

Besetzt, rief ich.

Ich bin's, sagte der Chef leise. War doch nur Spaß. Kommst du raus?

Gleich, antwortete ich.

Er klopfte noch einmal. Mir wurde heiß, ich überlegte, wie viele Stunden Fahrt noch vor uns lagen.

Räuspern von draußen: Alles in Ordnung?

Jemand machte sich am Schloss zu schaffen. Ich zog meine Hose so weit wie möglich hoch und beugte mich über meinen Schoß. Mit einem leisen Klicken wurde die Tür aufgeschoben, im Spalt erschien das Gesicht des Chefs. Seine braun gebrannte Stirn lag in Falten, in den Brillengläsern darunter spiegelte ich mich. Er ließ seinen Blick durch die Toilette schweifen, schmunzelte, fischte dann eine Packung Taschentücher aus seiner Hosentasche und warf sie mir vor die Füße.

Ich verrat's keinem, sagte er.

Am selben Abend erzählte mir Martin, mein Zimmernachbar, dass die Gesangslehrer stichprobenartig überprüften, ob alle Bettruhe hielten. Licht war nicht erlaubt, Unterhaltungen oder Fernsehen erst recht nicht.

Tu wenigstens so, als ob du schläfst, riet mir Martin.

Genauso kommt es mir dauernd vor, dachte ich im Dunkeln, als ob ich nur so täte. Der Bettbezug fühlte sich seltsam glatt an, und Martin schnarchte schlimmer als mein Vater. Am lästigsten war mein trockener Mund, ich hatte Durst. Schuld daran war allein Herr Schaid. Bloß zehn Minuten hatte er uns gegeben, viel zu wenig Zeit, zehn Minuten reichten niemals aus, um bettfertig zu sein, zehn Minuten brauchte ich allein fürs Duschen.

So lautlos wie möglich schlug ich die Decke beiseite und schlich ins Bad, wo ich Wasser aus dem Hahn trank, als ein Schlüssel in unsere Zimmertür gesteckt wurde. Ich rannte zurück zum Bett, tauchte gerade noch rechtzeitig unter meine Decke und schloss die Augen. Licht fiel aus dem Hotelflur herein, Schritte kamen näher, jemand blieb neben meinem Bett stehen. Ich bemühte mich, tief und langsam zu atmen. Gewicht legte sich auf das obere Ende meiner Matratze. Rasierwasserduft. Ein Lufthauch an meinem Ohr.

Wieder Dünnschiss?, flüsterte Herr Schaid.

Nachdem er gegangen war, drückte ich mein Gesicht so tief ins Kopfkissen, dass mir fast die Luft wegblieb, und versuchte mir vorzustellen, in meinem Stockbett in Königsdorf zu liegen.

Im matten Licht hinter der Bühne glichen die leeren Holzbänke Särgen. Der Männerchor draußen klang stark und wütend, sogar hier spürte ich die Vibrationen, die er durch das Gebäude schickte. Mit den Zähnen zu knirschen, erleichterte das Warten.

Manchmal fragte ich mich, ob alle Knabenchöre so waren wie unserer oder ob ich mich in einem anderen besser geschlagen hätte. Erst an diesem Morgen hatte der Chef von einem Zeitungsartikel erzählt, laut dem bei einem anderen Chor alle Stimmbrüchigen eine goldene Uhr als Abschiedsgeschenk erhielten.

Eine Uhr!, rief er empört über seine Zeitung hinweg, sodass ihn niemand im Frühstückssaal überhören konnte, eine goldene Uhr! Was ist die schon wert. Eine musische Bildung – darum geht's in meinem Chor!

Trotzdem stellte ich mir eine goldene Uhr an meinem Handgelenk vor.

Bist du etwa auch ein Sängerknabe?, fragte mich eine ältere Dame, mit der ich den Tisch teilte, weil mir keiner der anderen einen Stuhl frei gehalten hatte.

Ich nickte vorsichtig.

Die Dame musterte mich interessiert. Das finde ich ganz toll, sagte sie, wenn ihr Jungs euch ernsthaft mit Musik beschäftigt. In eurem Alter hatte ich ganz andere Dinge im Kopf.

Es ist auch anstrengend, erwiderte ich.

Bestimmt!, meinte sie, aber ihr seid ja mit Freude dabei.

Ihr erwartungsvoller Blick drängte mich zu lächeln und erinnerte mich an meine Eltern, doch diesmal hatte ich keine Lust.

Eine Hand legte sich auf meine Schulter.

Hast du einen Moment Zeit?, fragte der Chef.

Sofort folgte ich ihm in die Eingangshalle, wo er sich auf eine Couch fallen ließ und auf den leeren Platz neben sich deutete. Nachdem ich mich gesetzt hatte, fiel mir auf, dass sein linkes Auge tränte.

Habe heute mit Herrn Schaid über dich gesprochen, sagte er. Magst du ihn?

Ich zuckte mit den Achseln: Ja.

Also, mal ganz unter uns: Mir kommt er manchmal ein bisschen komisch vor.

Ich schmunzelte.

Seine Miene wurde ernst: Die Ruhestörung letzte Nacht finde ich trotzdem nicht toll, damit du's weißt. Warst du schon mal in Japan?

Noch nie, sagte ich.

Die Solisten fliegen nach Japan. ›Zauberflöte‹ in Tokio. Heut Abend, da zeigst du's uns allen, okay? Dann darfst du auch mal mit.

Zum Abschied knuffte er mich und schickte mich zum Umziehen auf mein Zimmer. Es war keine Stunde mehr bis zur Generalprobe.

Das Ende des ersten Teils war fast erreicht, das wusste ich, auch ohne in die Noten zu sehen; wir hatten die Stelle oft genug geprobt. Bald war Pause, bald kehrte der Chor zurück, zusammengeschweißt durch ein Gemeinschaftsgefühl, das sich nur bei denen einstellte, die beim Auftritt dabei waren. Die Gesangslehrer würden mir den Rücken zuwenden, als wäre ich gar nicht da. Und meine Chorkameraden würden sich gegenseitig schildern, wie es war, da draußen im ausverkauften Saal.

Konnte das Einsingen schon zwei Stunden her sein? Der Chef hatte uns danach gebeten, auf den unbequemen Holzbänken Platz zu nehmen, seine Brille geputzt und ohne aufzublicken Herrn Schaid geschickt, ein Glas Sekt zu besorgen.

Ich will noch etwas überprüfen, sagte er und schaltete das Minikeyboard ein.

Wir trugen schwarze Bügelhosen und Lackschuhe, schwarze Samtpullover mit dem Wappen des Knabenchors auf der rechten Brust. Jeder hatte ein dickes, blau gebundenes Notenbuch bei sich. Draußen warteten die Scheinwerfer, das Publikum, der Dirigent, das Orchester, auch die Fernsehkameras, die das Konzert übertrugen, in die Wohnungen und Häuser unserer Familien, in die Stube meiner Eltern, die sich darauf freuten, ihren Sängerknaben zu sehen, wie er das ›Weihnachtsoratorium‹ in der Kölner Philharmonie unter der Leitung von Claudio Abbado sang. Und jetzt, wenige Minuten bevor wir die Bühne betreten durften, ließ der Chef noch einmal jeden einzeln vorsingen. Eine schwierige Passage. Auswendig.

Er rief mich beim Namen, und als ich aufstand, die Augenpaare von dreißig anderen, sitzenden und grinsenden Chorkameraden auf mich gerichtet, brachte ich nicht den Ton hervor, den ich treffen wollte. Der Chef parodierte das, indem er den Unterarm auf sein Minikeyboard fallen ließ, womit er eine Lachsalve auslöste.

Rollt und springt, sagte er.

Wenig später wurden wir auf die Bühne gebeten, und während die anderen sich in zuvor festgelegter Reihenfolge aufstellten, trug mir der Chef auf, sitzen zu bleiben.

Bist leider nicht gut genug, meinte er, aber das wird schon. In der Pause gibt's noch eine Chance.

Dann eilte er mit den anderen zum Bühneneingang.

Der Applaus riss mich aus meinen Gedanken. Mein Herz schlug heftig. Wenigstens ein Paar Hände, das nun klatschte, war eigentlich für mich bestimmt gewesen, dachte ich, und erinnerte mich an meine zweite Chance. Ich würde das schon schaffen. Ich konnte singen.

Als die anderen zurückkamen, plauderten sie aufgeregt, schubsten und stießen einander, nahmen kaum Notiz von mir. Mir war es lieber so. Der Chef trat neben mich, sein Minikeyboard unter den Arm geklemmt, und biss in eines der Brötchen, die wir als Zwischenmahlzeit bekamen, belegt mit Salami oder Käse.

Mitkommen, sagte er zu mir und führte mich zu einem Raum, kaum größer als eine Toilette, in dem nur ein Stuhl stand. Er setzte sich und schob die Tür zu, betrachtete mich abschätzig und tupfte mit einem Stofftaschentuch Schweißperlen von seiner Stirn.

Nachgedacht?, wollte er wissen.

Ich nickte, ich war bereit, ich musste mit auf die Bühne.

Auf meinen Schoß?, fragte er und steckte sich den Rest seines Brötchens in den Mund. Mit dem kleinen Finger rieb er sich die entzündeten Augen.

Ich schüttelte den Kopf und blätterte im ›Weihnachtsoratorium‹.

Er sagte: Das brauchst du nicht.

Dann stieß er Luft aus der Nase, presste die Lippen aufeinander und fragte mich, ob ich singen wolle.

Ich antwortete: Ja.

Ja, ich wollte singen, deshalb war ich doch hier, dafür war ich doch Chormitglied, deswegen übte ich doch jeden Tag mehrere Stunden, fuhr zweimal die Woche nach München zur Probe, versäumte Schulunterricht, erhielt Solostunden und lernte Klavierspielen. Um zu singen. Um das zu sein, was jeder in mir sah: einen singenden Sohn und Sängerknaben.

Auf seinem Minikeyboard schlug der Chef einen Akkord an und riss mir das Notenheft aus der Hand, als ich es aufschlagen wollte.

Los!, sagte er laut. Sein Atem roch sauer.

Ich sang. Und ich sang gut. Der Chef hob an diversen, schwierigen Stellen die Augenbrauen, und als Herr Schaid die Tür öffnete, kurz seinen Kopf in den kleinen Raum steckte und gleich darauf wieder verschwand, ohne ein Wort zu verlieren, wusste ich, dass ich mit meinem Gesang nicht allein mich und den Chef erstaunt hatte. Nur zweimal konnte ich den Ton nicht halten.

Nachdem wir fertig waren, schaltete er sein Minikeyboard aus, lächelte mich an und erklärte, ich hätte Stimmbruch und könne nicht mit auf die Bühne. Liebevoll strich er mir, wie meine Mutter, über den Kopf, sagte: Du hast es doch auch gehört. Und ging.

Eine Weile starrte ich auf den Stuhl, auf dem er gesessen hatte.

Stimmbruch?

Als ich das Zimmer verließ, sahen mich einige Chorkameraden argwöhnisch an. Waren sie verblüfft, weil ich so gut gesungen hatte, oder erkannten sie, dass ich keiner mehr von ihnen war?

Manche nickten mir zu, als sie wieder auf die Bühne gingen, andere nahmen mich gar nicht wahr. Wieder allein, steckte ich die Noten in meinen Aktenkoffer, setzte mich auf eine der Holzbänke. Das Zähneknirschen ließ ich bleiben, und auch vom ›Weihnachtsoratorium‹ bekam ich nur wenig mit. Ich war ein Sängerknabe im Stimmbruch. Ich konnte es kaum glauben.

Auf der Heimfahrt im Bus am nächsten Tag wurde erneut geprobt. Ich sang nicht mit, nie mehr würde ich mitsingen. Die Chorzeit war vorbei. Das sagte ich mir immer wieder, sah aus dem Fenster und las die Kennzeichen der Autos, die uns überholten, um den Blicken der anderen auszuweichen. Zum ersten Mal seit langer Zeit hatte ich die Nacht durchgeschlafen; zwar spürte ich immer noch das Ziehen in meinem Magen, wenn ich mir vorstellte, wie meine Eltern umsonst vor dem Fernseher auf mich gewartet hatten, doch ich fühlte mich besser. Ich dachte: Stimmbruch bedeutet, dass man nicht singen darf, weil man nicht kann, der Körper entscheidet, und allein nach ihm hatte ich mich gerichtet, nach ihm hatten sich die Sängerknaben, Herr Schaid und der Chef, sogar der weltberühmte Dirigent richten müssen. Vielleicht war die Angst in meinem Kopf viel größer als die Dinge, vor denen ich sie hatte?

Der Chef rief nach dem Fass. Ich stolperte den Gang entlang, bis ich direkt vor ihm stand. Auf seinem Minikeyboard schlug er einen Dreiklang an. Ich sang ein paar Takte, unsicher, was er von mir wollte. Mit einer ungeduldigen Handbewegung drängte er, schlug einen weiteren Akkord an. Ich holte Luft und gab mir Mühe. Die anderen hinter mir tuschelten. Mit einem Fingerschnipsen ermahnte sie der Chef, still zu sein. Darauf wechselte er zu einer anderen Übung. Nun musste ich langsam, Halbton für Halbton, Oktaven singen. Als die Töne zu hoch für mich wurden, schickte er mich zurück an meinen Platz. Ich drehte mich um, hangelte mich an den Sitzlehnen entlang, setzte mich.

Wer hat was von Setzen gesagt?, rief der Chef.

Ich hab doch Stimmbruch, sagte ich.

Er verdrehte die feuchten Augen, als hätte ich nichts begriffen. Muss mich wohl geirrt haben, sagte er und schlug die ›Schöpfung‹ von Haydn auf.

Um mich herum raschelte es, als alle seinem Beispiel folgten.

Herr Erwig

Es schellt. Seine Bettdecke ist zu schwer, er kann nicht aufstehen. Jemand macht sich am Schloss zu schaffen. Türknallen. Schritte kommen näher. Klack, klack, klack. Diese Sarah, denkt er, wie immer mit Absätzen. Sie grüßt, schlüpft aus ihren Stöckelschuhen, nennt ihn Max. Das findet er ein bisschen kurz. *Max Alfons Helmut Erwig* stand früher auf den Plakaten, sagt er. Seine Wörter zwicken ihn im Hals – wie lang ist es her, dass er gesprochen hat? Aber, aber, immer mit der Ruhe, Max, sagt sie und reißt ruckartig die Vorhänge auf. Licht fällt auf ihn. Viele verehrten mich als Puck, ruft er, aber sie verlässt das Zimmer, ohne ihn auch nur eines Blickes zu würdigen. Eine von der ungeduldigen Sorte. Noch vor zehn Jahren hätte sie ihn um ein Autogramm gebeten, denkt er, aber man kann sich sein Publikum eben nicht aussuchen. Und solange sich nicht mehr Leute auf der Bühne befinden als davor, wird weitergespielt. Da kehrt sie auch schon zurück und stellt eine Blechschüssel voll Wasser neben das Bett. Sind Sie eigentlich ein Abonnent? Ich bin Sarah, das wissen Sie doch, sagt sie. Das habe ich nicht gemeint, sagt er. Weiß ich doch, Max, antwortet sie, und wringt einen Schwamm in der Blechschüssel aus, bevor sie damit beginnt, seine Füße zu waschen. Ekelhaftes Gefühl. Lassen Sie das, befiehlt er, ich werde später duschen. Die macht einfach weiter. Soll sie doch. Als Puck war ich übrigens grandios. Kenn ich nicht, sagt Sarah. Jeder kennt den Puck, sagt er. Ich nicht, sagt sie. Was für eine schamlose Person. Gehen Sie mal ins Theater, sagt er. Kino ist besser, meint Sarah und taucht mit dem Schwamm unter sein Nachthemd. Gutes Gefühl. Ihm scheint, wäre sie nicht so schrecklich dumm, sie hätte was von Andrea. Seine Andrea trug auch so gern Stöckelschuhe. Und die konnte sich bewegen! Trotz ihrer Pfennigabsätze schwebte sie bei jeder seiner Premieren über den roten Teppich, auf Empfängen glitt sie so leichtfüßig übers Parkett, dass man ihn für einen begnadeten Tänzer hielt, und 82, nach diesem peinlichen Infarkt auf der Bühne, flog sie beim morgendlichen Lauf an seiner Seite dahin und ermunterte ihn, den Schnaufenden, Dicken, den Raucher, der sich Meter um Meter, Pfund um Pfund abrang. Immer in Bewegung zu bleiben, bedeutete Andrea alles, ihr Leben hing davon ab. Wie bei einem Hai, denkt er und lächelt, während Sarah seine Hände vorsichtig in die Ärmel eines frischen Nachthemdes manövriert. So, sagt sie, jetzt macht der Max wieder was her. Ich war einmal ein idealer Fang! Sie deckt ihn zu, kämmt ihm die Haare nach hinten und sagt, das sind Sie doch immer noch. Jetzt eine elegante Verbeugung, das würde mächtig Eindruck schinden, nur ... wie verbeugt man sich im Liegen? 63, an den Städtischen Bühnen Ulm, da war das ein Klacks, einmal mit Schwung nach unten sausen und schwuppdiwupp wieder hoch, Brust raus, Rücken durchgestreckt, das imponierte der Damenwelt. Ein Schauspieler. Ein Theaterschauspieler! Mitte zwanzig, groß gewachsen und gut aussehend. Seine Avancen ignorierte keine. Nur diese Andrea schien noch nichts davon gehört zu haben. Idealer Fang? Kasperletheater, fand sie und ließ ihn links stehen. Aber mit was für einem Hüftschwung! Von Bedienungen in der Kantine hielt er eigentlich wenig, wollte man mehr von ihnen als ein Weißbier, musste man ihnen im Grunde nur eine Komparsenrolle versprechen. Dummheit schloss er bei ihr allerdings aus, denn je dümmer die Frauen waren, so viel hatte er gelernt, desto bessere Schauspielerinnen gaben sie ab, und diese Andrea hatte trotz allem geschmunzelt. Was für eine Frau, dachte er, die hatte Klasse. Sie ging ihm aus dem Weg, eine halbe Spielzeit lang. Bis sie einen freundlicheren Ton anschlug, wurde es Dezember, dabei hätte er wissen müssen, dass etwas im Busch war, als sie ihn fragte, ob er auch den Nikolaus spielen könne. Den beherrsche er! Prima, meinte sie, dann müsse er ihr unbedingt eine private Kostprobe geben. Das hielt er für eine ausgezeichnete Idee. Weniger ausgezeichnet erschien sie ihm erst, als er nach fünfstündiger Fahrt durchs bayerische Voralpenland den Spielort erreichte, er hieß Segendorf, und sie ihm sein Publikum vorstellte: acht aufgedrehte jüngere Geschwister mit geflochtenen Zöpfen und Heu im Haar, die alle auf seinem Schoß sitzen wollten. An diesem Abend war er so erschöpft wie nach der sechsstündigen Premiere der ›Orestie‹ im Großen Haus. Schade, dass sie meine Andrea nie kennengelernt haben, brüllt er gegen den Staubsauger an, mit dem Sarah das Zimmer reinigt. Was?, ruft Sarah. Meine Andrea! Welche Andrea denn? Sie führte mich auf den Schotterweg, sagt er und wird mit jedem Atemzug leiser, bis die Worte nur mehr in seinem Kopf erklingen: Unser Schotterweg, der den Wolfshügel hochführte! Auf dem Andrea ihn, den Nachtblinden, an der Hand durch schwärzestes Schwarz lotste! Auf dem ihre Großmutter, Gott hab sie selig, ihr das Gehen mit Absätzen beigebracht hatte! Auf dem es herrlich nach Löwenzahn roch! Auf dem sie sich küssten! Auf dem sie sich liebten!

Sarah drückt auf ein rotes Knöpfchen. Sofort quietscht das Bett und vibriert, und im Nu sitzt er in aufrechter Position. Ist heute etwa Vorstellung, sagt er ironisch, müssen wir in die Maske? Ganz ruhig, kommt es von der Seite, wir haben alle Zeit der Welt. Ein Tablett wird vor ihm abgestellt und er riskiert einen Blick. Das hatte er schon erwartet. Wie immer nennt Sarah diese Beleidigung der Geschmacksknospen gesunden Haferschleim. Gesunder Schleim! Wenn das mal kein Oxymoron ist. Nicht schon wieder, sagt er, hatte ich Ihnen nicht erklärt, ich möchte einen Braten, besser noch, ein Cordon bleu, kennen Sie das, können Sie sich das notieren, ach was, merken Sie sich einfach den Klang, Kor-do-blö. Wie die seufzt! Das muss man ihr lassen, seufzen kann die. Kommen Sie schon, sagt sie, und drängt so nah heran, dass er ihre verklebten Wimpern zählen kann. Er gibt ihr einen gut gemeinten Rat: Sie sollten nicht so viel Schminke auftragen, das führt nur zu – und schwups steckt der Löffel in seinem Mund. Das Schlimme ist, der Haferschleim schmeckt nicht einmal schlecht, nein, er schmeckt nach gar nichts. Ein Happen Nichts, der keine Erinnerungen wachruft. Bestimmt ist das Absicht, denkt er und schiebt den Brei mit der Zunge über seine Lippen. Das Lätzchen fängt nur einen Teil auf, der Rest fließt auf die Decke. Mensch, sagt Sarah, jetzt müssen wir das noch mal waschen! Er denkt: Wieso *wir*? Und er denkt an Senfgemüsesuppe auf der Reeperbahn, 65, beim ersten Chinesen Hamburgs, er denkt an Segendorfer Pferdeknackwurst, er denkt an klebrig-süße Karamellbonbons, die er 51 mit zwölf beim Karlsruher Sprüchewettbewerb gewann – *Karamellen, die sind gut, darum steck ich's untern Hut* –, er denkt an das dünnste Wiener Schnitzel seines Lebens am Strand von Binibeca, 74, bevor die Schweizer nach Menorca kamen, und er denkt an ein pint of Guinness im stickigsten, verrauchtesten Pub am River Boyne und den lauthals gegrölten Trinkspruch: Eating is cheating! Doch Sarah bleibt hartnäckig. Eine wie die wünscht er nicht einmal seinem ärgsten Feind. Sie hält den Löffel mit dem Haferschleim so lange vor sein Gesicht, bis ihn sein grummelnder Magen auffordert nachzugeben. Seine Lippen schnappen zu, seine Zunge transportiert das glibberige Zeug nach hinten, sein Hals schluckt. Nächstes Mal aber bitte Cordon bleu, sagt er leise, und sie tupft ihm das Kinn ab und nickt. Lüge, Lüge! Hat ihr das denn keiner verraten? Ein Schauspieler riecht den anderen sieben Meilen gegen den Wind. Schwindelt und scheint auch dumm genug, überlegt er, was für eine fantastische Lady Macbeth! Sie sollten spielen, sagt er, was würden Sie von einem Engagement halten? Sarah nimmt ihm glucksend das Lätzchen ab und sagt, Sie alter Charmeur, Sie. Da schießt es in seinen Kopf, da spürt er sein Herz kräftig pochen, als wäre es bis eben tot gewesen, da stützt er sich auf, holt tief Luft und spricht mit Puckmanier, so laut es geht: *Und so weit bin ich froh, dass so sich's fügt, weil diese Balgerei mich sehr vergnügt!*

Wegen der Anstrengung fühlt er sich schummerig, er sinkt zurück auf die Matratze, leuchtende Flecken tanzen ihm vor den Augen, und dennoch schmunzelt er – das tönte gar nicht mal so schlecht! Voll Neugier mustert er Sarah. Sie fährt stumm seine Rückenlehne wieder in die Waagrechte und geht ins Bad, als stecke keine prächtige Vergangenheit in ihm. Was die Leute übers Alter sagen, stimmt also: Man wird wieder zum Kind – oder zumindest so behandelt, denkt er, und er denkt, wenn die schon nicht applaudiert, könnte sie wenigstens lächeln. War das etwa nicht überzeugend? Wer glaubt sie denn, dass sie ist? Hier liegt Max Alfons Helmut Erwig, der Schauspieler, der Ehemann, das Karlsruher Nachkriegskind, verflucht noch mal, ihm klatschte man schon 49 Beifall, vor den Lichtspielhäusern, in die kein Deutscher durfte, und seine Kumpels zogen den Amis heimlich das Geld aus den Taschen! Wie er mit den Ohren wackelte, abwechselnd, wie er Handstand machte, wie er Scherben aß, echte Bierflaschenscherben. Dicke schwarz-rosa Männerlippen pfiffen und johlten, Erwig Wonderboy! Take a Hershey, a Big Red, a Coke and a kiss. Take it! Wer wollte sich da noch mit Quäkerspeisung auf dem Pausenhof abgeben, aus Wehrmachtblechgeschirr? Oder mit gekochten Kartoffelschalen? Zu Hause war Anfang 45 das Kinderzimmer in die Luft geflogen, nachts schlief man zu fünft auf einer Matratze, das hielt wenigstens warm, tagsüber schwänzte man die Schule, sammelte weggeworfene Zigarettenkippen und lernte auch was: Tabak plus Zeitungspapier ist gleich Schmerch. Inhalier das mal! Da schlägt's dir von innen gegen die Brust! Wenn das Jutta roch, petzte sie es – typisch ältere Schwester – Paps, weil Mama arbeitete und sich in der Näherei die Fingerkuppen hart stickte, und dann hieb Paps mit dem Rohrstock auf die Hände. Nicht zucken! Sonst gab's die doppelte Ladung. Jutta musste die erzieherische Mama spielen und Mama den schuftenden Paps, während Paps sich mit der Rolle des arbeitslosen Stinkstiefels zufriedengab. Bloß weil ihm ein schwarzer Stummel mitten im Gesicht saß. Die Kumpel in der Schule meinten, Winter und Krieg hätten ihm seine Nase in Russland weggeschnappt. Der Herr hat's gegeben, der Herr hat's genommen! Unverhofft kommt oft! Was dich nicht umbringt, macht dich stark!, zeterte sein Paps damals und warf mit mehr Sprüchen um sich als der Pfarrer. Undank ist der Welt Lohn!, imitiert er nun perfekt seinen Vater und muss, wie er es bereits in unzähligen Situationen auf der Bühne getan hat, nur daran denken, dass ihn der alte Mann weder Max noch Erwig nannte, immer nur Sohn. Traurigkeit sickert in sein Herz, und Tränen schießen ihm in die Augen, er stößt alle Fenster weit auf, wie sie es ihm auf der Schauspielschule eingetrichtert haben, er schluchzt und schlottert, wirft den Kopf theatralisch nach rechts und links – da erscheint Sarahs besorgte Miene über ihm, und er kann endlich krächzen: mein Herz! Kaum ist es raus, findet er es zu dick aufgetragen und nicht sonderlich überzeugend, doch sie fühlt seinen Puls, horcht an seiner Brust, bricht sich einen manikürten Fingernagel ab, als sie hektisch eine Schublade aufreißt. Schweiß auf ihrer Stirn! Zufrieden genießt er das Schauspiel und kommt sich nur ein bisschen garstig vor. Den Einsatz der Spritze, die sie soeben zückt, verhindert er mit einem Puck'schen Lächeln und den Worten: Pardon, war nur eine Probe. Wie Sarahs geweitete Augen einfrieren, wie sie dann in Sekunden tauen und schrumpfen, bis nur zwei kleine, dunkle Knöpfe übrig bleiben, diese fließende Verwandlung der Sorge in Zorn bietet Unterhaltung auf höchstem Niveau und ist der schönste Applaus, den er sich vorstellen kann.

Wortlos schnauft Sarah und knallt ihm grob sein Pillendöschen auf den Bauch. Leben in Kapseln. Ihm schießt ein Gedanke durch den Kopf: Kommt man auch in den Himmel, wenn man die nicht nimmt, oder gilt das schon als Selbstmord? Und wer garantiert einem, dass die wirklich sympathischen Leute sich nicht doch in der Hölle treffen? Ein Glück, dass er schon 55 aus der Kirche ausgetreten ist. Unter seinen liebsten Trauerfeiern rangiert Hausmanns ganz weit oben. Kein Pfarrer, kein Sarg, kein Buffet, einfach nur zweihundert geladene Gäste und ein Video, auf dem er allen die Zunge rausstreckte und krähte: Erster! Als er darüber nachdenkt, wird ihm bewusst, dass er in seinem Leben deutlich mehr Beerdigungen als Hochzeiten besucht hat. Entweder finden meine Freunde niemanden zum Heiraten, sagt er, oder sie ziehen den Tod vor. Das ist nicht komisch, sagt Sarah. Langsam wird sie schnippisch. Doch, ist es, sagt er. Ich wüsste nicht, wieso. Weil es ein Witz ist! Über den Tod macht man keine Witze, sagt sie. Da würde Ihnen meine Andrea aber widersprechen. Max, sagt die. Herr Erwig, korrigiert er. Mund auf, kontert sie. Zeit für seine Dosis Fremdwörter. Eine Prostagutt, eine Thyronajod, eine halbe Nebilet, dann eine Cipralex, und als Zugabe noch eine ASS 100. Schön den Becher leer trinken, sagt sie und beobachtet, wie sein Adamsapfel beim Schlucken hüpft. Seiner ist sehr ausgeprägt, das fiel schon der drei Jahre älteren Geli aus der Obersekunda auf, entsinnt er sich, als sie am Albufer spazierengingen. Nicht an der Nase, erklärte Geli, sondern am Hals eines Mannes erkennst du seinen Johannes! Zwar sprossen ihm 51 noch keine Barthaare, aber Geli hatte ein Gespür für Jungen, die reif waren. Ihr Vorschlag: Willsch' a mal? Badensisch pur! Er erinnert sich nicht an ihr Gesicht oder ihren Nachnamen, er weiß aber noch, ihr Mund schmeckte nach Walnüssen, und auf ihrem Bauch kräuselten sich Härchen, die man nur im Sonnenlicht sehen konnte.

Sarah schließt das Fenster und zieht die Vorhänge zu. Sie hat nichts gemerkt. Bis morgen, Max, sagt sie, schlüpft wieder in ihre Stöckelschuhe und verschwindet im Flur. Klack, klack, klack. Türknallen. Er spuckt die Tabletten in seine Hand. Sie sehen aus wie Süßigkeiten und passen so gar nicht zu seiner faltigen Handfläche. Eine Wahrsagerin prophezeite ihm einmal als Schauspielschüler, seine Lebenslinie sei erschreckend kurz. Tja, erstens ging die Wette wohl an ihn, und zweitens wachsen die Falten mit dem Alter – ob sie jetzt wohl ein längeres Leben voraussagen würde? Bei dem Gedanken muss er lachen, dann husten, und als er wieder zu Atem kommt, steckt er die Tabletten in ein Loch in der Matratze, das er heimlich mit der Nagelfeile gebohrt hat, gestern, oder vorgestern. Trinken ohne zu schlucken, hat ihn Heinz Erhardt in Hamburg gelehrt, ein uralter Trick, den Heinz selbst allerdings kaum beherrschte. Die Flaschen im ausgebeulten Kleidersack in seiner Garderobe enthielten kein Wasser, sondern etwas sehr viel Hochprozentigeres, auch wenn er das so oft vor seiner Liebsten abstritt, und sein Orangensaft bestand nur zum kleinsten Teil aus Orangensaft. Er betrachtet das Telefon. Immer muss er die Initiative ergreifen, Heinz kann sich ja nicht mehr melden, aber Walter, was ist mit dem? Oder Dietrich! Josef! Ihm fällt ein, er weiß gar nicht, wie sich das Klingeln anhört. Er nimmt den Hörer ab, lauscht dem unfreundlichen Tuten, legt wieder auf. Mann im Bett, das ist ihm zu wenig Geräusch. Hier müsste mal ein tobender Applaus durchrollen! Oder zumindest ein paar ordentliche Buhrufe! Von ihm aus auch ein Türknallen! Das Knattern irischer Doppeldeckerbusse! Eine in St. Pauli geschobene Nummer, die man auf den Geruchsplätzen in der ersten Reihe miterlebt! Das Glockengeläut des Ulmer Münsters! *Mei-*

ne Herren, meine Damen, hochverehrtes Publikum, die Sie heute zu uns kamen, wissen Sie genau, warum! Dumpf tönt seine Stimme, daran sind die Vorhänge schuld, die staubigen Schallschlucker. Andrea!, ruft er, denn das klingt immer klar und deutlich, er ruft: Andrea Völker! Andrea Erwig! Andrea Lola Christine Erwig! Bald wird er sie sehen, das weiß er, mit Hüftschwung und Absätzen, seinen Hai, seine Andrea, die ihn zu Boden drückt, den Oberkörper streckt und dem Himmel ihre herrlichen Brüste präsentiert, wie im Segendorfer Wald, wie auf der Dachterrasse in Binibeca, wie am Genfer See, wie auf der Hochzeitsreise durch die Grafschaft Meath, wie immer, und er wird ihr sagen, dass er sie liebt, Te quiero, wird er sagen, Je t'aime, I love you, I liab di, Andrea, so lange, bis sie ihn küssen und ihren Zeigefinger auf seine Lippen legen und flüstern wird, Psst, du Lieber, ganz ruhig, mein Puck, schau mich nur an und sprich kein Wort.

Inhalt

Vierundachtzig Schritte . . . 9
Wenn es klopft . . . 27
Easy Seller . . . 52
Unter Deck . . . 65
Mondfuge . . . 83
Die Pfütze . . . 117
Bubu . . . 123
Nachholen . . . 150
Generalprobe . . . 163
Das Fass von Königsdorf . . . 175
Herr Erwig . . . 189